Le LIVRE de POCHE

JEUNESSE

ANNIE JAY

Annie Jay est une lectrice insatiable, amateur d'anecdotes historiques et toujours prête à égayer la visite d'un musée en racontant des histoires à ses neveux qui l'ont un jour mise au défi d'écrire un livre. Ainsi est né son premier roman... où d'emblée s'est révélé un auteur de talent.

LE TRÔNE DE CLÉOPÂTRE

Annie Jay

Le Trône de Cléopâtre

Illustrations :
Christophe Durual

Hachette Jeunesse

DU MÊME AUTEUR DANS
Le Livre de Poche Jeunesse

Complot à Versailles
A la poursuite d'Olympe

À Manon qui vient de naître.

Que Thot et Hermès,
les dieux de l'écriture,
lui fassent aimer les livres.

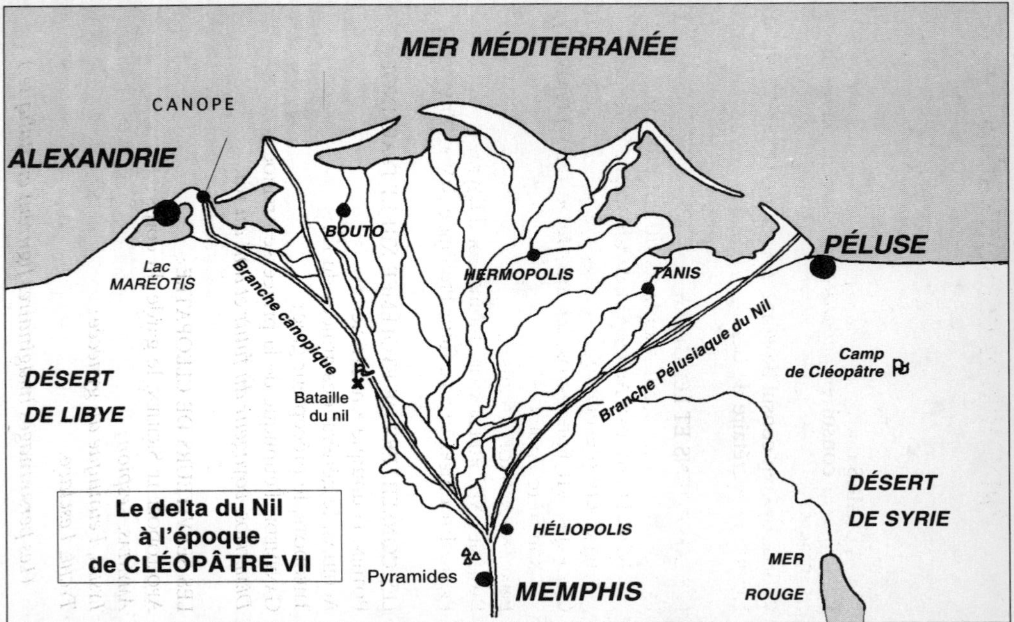

Le delta du Nil à l'époque de CLÉOPÂTRE VII

Principaux personnages

LES ROMAINS :

Jules César, consul et *imperator* de la république de Rome ;

Pompée, ancien consul de Rome et rival de César ;

Hirtius, le secrétaire de César.

LES ÉGYPTIENS ET LES GRECS :

La famille royale Lagide, enfants du roi Ptolémée XII Néos Dionysos « Aulète » et de Cléopâtre V Tryphæna (mère présumée) :

Cléopatre VII Philopator, 21 ans, reine d'Égypte avec son frère-époux ;

Princesse Arsinoé, 16 ans ;

Ptolémée XIII Philopator, 14 ans, roi d'Égypte ;

Prince Ptolémée, 10 ans, futur Ptolémée XIV « l'Enfant ».

LES CONSEILLERS DE PTOLÉMÉE XIII ET D'ARSINOÉ :

Pothin, l'eunuque « nourricier » ;

Achillas, le général des armées du roi ;

Théodote, le précepteur grec ;

Ganymede, l'eunuque de la princesse Arsinoé ;

Démétrios, voyageur du futur et ami du roi.

LES SERVITEURS DE CLÉOPATRE :

Apollodore le Sicilien, le garde du corps ;

Amyntas, l'espion ;

Lysias, l'eunuque du gynécée ;

Tyché, l'esclave.

(Les personnages imaginaires figurent en italique.)

1

Mission Cléopâtre

De nos jours, dans la région parisienne.

Voilà deux heures qu'ils attendaient, deux longues heures à voir tourner les aiguilles, à écouter s'égrener le tic-tac de la grosse horloge, seconde après seconde.

« Il ne va pas y arriver », fit une voix inquiète. Six paires d'yeux se tournèrent avec angoisse vers le caisson temporel vide, qui, tel un gros cocon métallique à hublot, trônait au centre du laboratoire.

Plus qu'une minute, plus que trente secondes… Chacun était à son poste, concentré à l'extrême. Les techniciens vérifiaient une dernière fois le branchement des câbles, tandis que les médecins contrôlaient minutieusement le matériel de réanimation. Tout autour de la pièce, les ordinateurs ronronnaient en crachant leurs informations.

« Entrée interdite » se mit à clignoter au-dessus de la porte d'acier du laboratoire, puis le caisson sembla s'auréoler d'une lumière bleutée surnaturelle.

« Allons-y », ordonna Valentine Berg, une vieille femme à chignon gris.

Elle appuya sur le bouton rouge de la console de contrôle, et les années du compteur temporel se mirent à défiler sous ses yeux : -48..., -30..., 0..., 100..., 1000..., 1900... Dans un instant, ils sauraient enfin si Fontaine, leur historien voyageur, avait réussi la mission Cléopâtre.

Le lancinant bip-bip qui annonçait le transfert du savant s'éleva, leur mettant les nerfs à vif. Quand il se stabilisa enfin en un sifflement continu, le personnel se précipita pour ouvrir le caisson.

« Fontaine est revenu ! » s'écria joyeusement un jeune technicien. Puis il fit un pas en arrière, les traits figés par l'horreur.

Fontaine, leur meilleur égyptologue, se trouvait bien là, les yeux exorbités. Sa longue tunique d'un autre âge était rouge de son sang, et sa gorge, ouverte d'une oreille à l'autre en une profonde entaille, lui faisait comme un sourire de pantin grotesque.

Mme Berg, un instant terrassée par cette vision macabre, se frictionna vigoureusement les bras, comme pour se préserver du froid de la mort toute proche. Dans le pesant silence qui l'entourait, on l'entendit déclarer d'une voix hachée :

« Seigneur ! Ce monstre d'Herbert a assassiné Fontaine… Il nous faut envoyer coûte que coûte une nouvelle équipe dans le passé pour arrêter ce fou, sinon Cléopâtre ne régnera pas… Mais où allons-nous bien pouvoir dénicher des oiseaux rares dont Herbert ne se méfiera pas… ?

— Il y aurait bien une solution… souffla son assistante. vous souvenez-vous de cette photo que je vous ai montrée voilà six mois ?

— Quelle photo ? Celle de cette gamine, la fille de la vedette de la radio ? Vous n'y pensez pas, madame Lauriol !

— À situation désespérée, remède désespéré… »

2

Alexandra

« Je te dis que si ! déclara Violaine.

— Non ! s'offusqua Alexandra.

— Si… Sandrine a laissé tomber Nicolas. »

Violaine, une rouquine au teint de lait, s'éventa avec son cahier comme si la nouvelle allait la terrasser d'un instant à l'autre. Alexandra – que l'on appelait Alex – se retourna pour lorgner au fond de la salle d'étude Sandrine, l'infidèle.

« Ça s'est passé à la boum de Fred…

— Il y avait une boum chez Fred et personne ne m'a invitée ? s'indigna Alex.

— Ben, ricana Violaine, Fred a dit que tu aurais de la peine si tu voyais Bruno avec Natacha…

— Je me moque éperdument de Bruno ! » siffla son amie entre ses dents.

Alex secoua sa longue tignasse brune d'un air crâneur. L'ennui, avec cette brave Violaine, c'est qu'un unique sujet de conversation retenait son attention : qui sort avec qui.

D'ordinaire, Alex savait s'en contenter. Enfin, quand cela ne la touchait pas de trop près…

« Tu n'as rien de plus drôle à me raconter ?

— Mais si, ma chère Alex, fit Violaine en se tournant vers la porte. Voilà Je-Sais-Tout. »

Un jeune surveillant, à peine plus âgé qu'elles, promenait son regard bleu sur les élèves depuis la porte ouverte, semblant chercher quelqu'un.

« Il est plutôt mignon, enchaîna Violaine, dommage qu'il soit aussi tarte. Sa petite amie ne doit pas s'amuser tous les jours.

— S'il en garde une ! Il est tellement coincé qu'elles doivent partir en courant !

— Tu parles ! Trois ans d'avance et un cerveau d'ordinateur pour finir pion ! Comme quoi les études, ça ne mène pas à... Mince, il vient par ici !

— Qu'est-ce que tu paries que c'est encore pour ma pomme ? » soupira Alex en faisant mine de se plonger dans le premier livre qui lui tomba sous les yeux. Effectivement, deux mains se posèrent sur la table, à l'extrémité de son champ de vision.

« Boissieu, va chez le directeur. »

Alex releva la tête pour fixer d'un air candide les yeux turquoise du surveillant.

« Salut, Gabriel », fit-elle d'une voix charmeuse. L'autre resta de marbre. Pas même un sourire, pas même une lueur de compassion. Ce n'était pas « Je-Sais-Tout » qu'on aurait dû le surnommer, mais plutôt « Iceberg ».

« Boissieu, le directeur t'attend », répéta-t-il.

Alex avait horreur qu'on l'appelle Boissieu.

« Que me veut-il cette fois-ci ?

— Tu sais bien qu'il t'adore, ironisa Gabriel. Sinon pourquoi te convoquerait-il toutes les semaines ? »

Alex se leva lentement : encore des problèmes en perspective ! Violaine, à son côté, eut le bon goût de prendre un air de profond ennui.

« Dépêche-toi, Boissieu. »

Gabriel la toisait sans aucune émotion. Il ne devait pas être humain, ce gars-là, pensa Alex sans pour autant se dépêcher, il était sûrement tombé d'une soucoupe volante quand il était petit.

« Arrête de m'appeler Boissieu, j'ai un prénom, je ne suis pas un chien... Si tu m'appelles encore une fois Boissieu...

— Oui ?

— Non, je préfère t'en faire la surprise... »

Le petit bureau était plein : un vrai tribunal militaire. Ils étaient trois à l'observer, figés bras croisés, sans un mot, deux femmes, une jeune blonde et une vieille, avec le directeur au beau milieu.

Alex s'assit face à eux en tirant sur sa minijupe, puis elle cala son sac sur ses genoux pour tenter de cacher ses longues jambes. Le directeur lui avait demandé à maintes reprises de s'habiller « décemment », comme une « jeune fille de bonne famille ». Eh oui, elle est un peu courte, ma jupe, pensa-t-elle en interceptant le regard réprobateur du directeur. Aïe, aïe, aïe !

Qu'avait-elle bien pu faire pour mériter un

tel sort? Elle chercha dans sa mémoire. Non, elle n'avait rien fait cette semaine qui puisse justifier un tel déplacement de foule... Pas de cours séchés, pas d'insolence... Alors quoi?

« C'est elle? » demanda enfin la vieille femme à chignon gris sanglée dans un tailleur sans âge. Elle se leva et ajusta ses grosses lunettes pour regarder Alex de plus près, tandis que le directeur répondait sur un ton laconique :

« C'est elle, Alexandra Boissieu. »

Alex rentra la tête dans les épaules. D'habitude, les choses se passaient différemment. C'était plutôt : « Alors, on a encore séché les cours? Avez-vous vu vos résultats? » Ensuite venait la rengaine : « Vous avez de la chance que votre mère soit si sympathique, parce que je devrais vous renvoyer! Allez, dehors, mademoiselle Boissieu, et que je ne vous y reprenne plus! »

Son inspection faite, la femme alla se rasseoir.

« Je ne vous cache pas que je suis déçue, dit-elle à sa collègue. La ressemblance est légère. »

Alex leva un œil surpris, il ne s'agissait donc pas d'un conseil de discipline? La vieille femme posa ses lunettes, puis fixa Alex sans ciller :

« Que savez-vous de Cléopâtre ?

— Cléopâtre ? » s'étonna Alex.

C'était sûrement pour un nouveau jeu télévisé... Mais depuis quand sélectionnait-on les plus mauvais élèves ?

« Heu... J'ai lu *Astérix et Cléopâtre*. J'ai vu aussi un vieux film avec Élisabeth Taylor... »

La vieille laissa échapper un soupir de réprobation. Mince, ce n'était pas la bonne réponse... Adieu, jeu télévisé...

« Non, mademoiselle, jeta-t-elle d'un air méprisant, nous vous parlons de la vraie reine d'Égypte, pas de bandes dessinées !

— Ah oui, se rattrapa Alex, vous parlez de la vraie reine, bien sûr... Celle qui avait un grand nez et qui s'est suicidée avec son Jules... »

Nouveau soupir de réprobation. C'est une farce, pensa Alex en cherchant la caméra cachée et le comparse qui devait sortir en criant : « Surprise ! » Non, le directeur ne marcherait jamais dans une telle combine, et pas avec la fille de Lola Morgane, la vedette de la radio.

« Elle ne correspond pas au personnage »,

lança la femme comme si Alex n'existait pas.

Correspondre au personnage? De quoi parlait-elle donc? Cherchait-elle une actrice pour tourner dans un film?

« Parlez-vous le latin? » poursuivit-elle.

Un film en latin?

« Mais si, s'interposa la jeune femme blonde évitant ainsi à Alex de répondre, elle correspond au personnage. Elle est intelligente et dégourdie.

— Non, répliqua la plus âgée, regardez son dossier, c'est une élève lamentable. Et insolente avec cela, menteuse, une enfant gâtée! Il nous faudrait des semaines de travail avant d'en tirer quelque chose! »

Alex se raidit, vexée de s'entendre dire ses quatre vérités. Elle se leva d'un coup pour déclarer :

« Puisque je ne suis pas le personnage, je ne vais pas vous faire perdre votre temps.

— Attendez, s'écria la blonde. Seriez-vous disponible pour une expérience? Il vous faudrait apprendre un rôle et partir en voyage...

— Taisez-vous, madame Lauriol! gronda la vieille femme.

— Qu'elle vienne au moins pour un essai, bon sang! Le temps presse, madame Berg. »

Alex les observa tour à tour d'un œil inquiet : des fous échappés d'un asile ! Elle avait été prise en otage par des fous échappés d'un asile !

« Entendu... finit par accepter la vieille.

— Alors, demanda prudemment Alex, vous voulez que je fasse un essai pour un film ?

— Pas pour un film, pour une expérience scientifique, lui glissa Mme Berg du bout des lèvres. Bien sûr, vous devrez garder tout cela secret, si toutefois vous en êtes capable... »

La moutarde monta au nez d'Alex. Oui, elle était mauvaise élève, d'accord elle était coléreuse, mais de quel droit cette femme la jugeait-elle si mal ?

« De toute façon, je ne suis pas intéressée..., répliqua-t-elle froidement en gagnant la porte.

— Je vous en prie, Alexandra, s'interposa la blonde Mme Lauriol, c'est terriblement important. Venez faire au moins un essai. Tenez, prenez ma carte, appelez-moi si vous changez d'avis. Mme Berg ne voulait pas être désagréable... »

Pas désagréable ? Mon œil ! Alex jeta à peine un regard sur la carte qu'elle fourra au fond de sa poche, puis elle sortit la tête haute.

Gabriel, le surveillant, l'attendait dans le couloir. C'est vrai qu'il était mignon avec ses yeux si bleus et ses cheveux blonds. En passant, elle ne put s'empêcher de lui jeter :

« Dis-moi, Gabriel Je-Sais-Tout, tu sais qui était Cléopâtre, toi ?

— Cléopâtre ? répéta-t-il. La plus connue était Cléopâtre VII. Elle a pris le pouvoir en Égypte grâce à Jules César. Elle s'est suicidée après la bataille d'Actium, en... 30 avant notre ère. Pourquoi ?

— Ça ne t'ennuie pas d'avoir réponse à tout ? »

Gabriel haussa les épaules :

« Le premier imbécile venu serait capable d'en dire autant. D'ailleurs tout le monde a vu le film avec Elisabeth Taylor. Pas toi ?

— Si », fit-elle en se dirigeant vers la salle d'étude. Mais Gabriel la retint pour lui dire avec un sourire auquel elle n'était pas habituée :

« Cela te dirait de le revoir avec moi un de ses soirs ? Je l'ai en cassette.

— Moi, sortir avec un pion ? s'esclaffa-t-elle. Tu rêves ! »

La réflexion fit à Gabriel l'effet d'une douche froide. Il retrouva son air impassible à grand-peine. Alex, ravie de lui avoir fait perdre son calme, lui tourna le dos en éclatant de rire.

Si elle était revenue sur ses pas, elle aurait été bien surprise de lire comme une lueur de tristesse au fond de ses yeux turquoise.

Alex mit la clé dans la serrure avec un pincement d'excitation. Aujourd'hui était un grand jour, celui de son anniversaire. Ils devaient se rassembler, son père, sa mère et elle, comme au bon vieux temps, avant que sa mère devienne une vedette, et que son père les quitte.

Qu'avait dit sa mère? « Dîner aux chandelles à sept heures. On va s'empiffrer de pizzas, de chips et de gâteau au chocolat... Mmm... Tout ce qui fait grossir! Après je filerai vite fait pour arriver à l'heure à la radio! Je t'ai trouvé un de ces cadeaux... Tu ne vas pas en revenir! »

Pourtant l'appartement était désert, comme chaque soir. Alex se dirigea dans la pénombre jusqu'à la cuisine et appuya sur l'interrupteur : pas de nappe, pas de bougeoirs, pas de cartons à pizzas... Sur la table trônait encore la vaisselle sale du petit déjeuner.

La lumière du néon était crue, le tic-tac de l'horloge semblait assourdissant. Les larmes aux yeux, Alex se tourna vers le frigo pour y lire les habituelles recommandations collées dessus : *« Dentiste jeudi, arrose les plantes. »*

Elle lança les clés sur la table d'un geste rageur, puis repartit jusqu'à sa chambre pour se jeter sur son lit. Elle sanglotait à présent. Sa mère n'avait pas tenu sa promesse, comme d'habitude.

Une scène vieille de cinq ans lui revint en mémoire. Une espèce de psychologue l'avait interrogée à l'école, avant de noter sur son papier : *« cellule familiale détruite – enfant à clé »*. Alex avait appris très tôt à lire à l'envers, cela s'avérait très utile lorsqu'on passait comme elle beaucoup de temps chez le directeur.

« Maman, c'est quoi un enfant à clé ? » avait-elle demandé à sa mère le dimanche suivant.

Après tout, la plus célèbre conseillère de la radio, celle qui débrouillait les situations familiales les plus difficiles, celle que les stations s'arrachaient à prix d'or était sa propre mère, alors autant en profiter…

« Ce sont tous ces pauvres gosses que

leurs parents abandonnent à eux-mêmes, avait répondu sa mère, les enfants qui rentrent chez eux chaque jour avec leur clé, car personne ne les attend. Tu vois comme tu as de la chance, mon poussin, d'avoir une maman qui t'aime ! »

Et après un baiser furtif, elle était repartie.

Alex se leva en reniflant. Pas la peine de pleurnicher sur son sort. Depuis que l'émission de sa mère avait été déplacée de 14 à 21 heures, elle était seule la plupart du temps. Sa mère travaillait la nuit, et ne se levait qu'après le départ d'Alex. Lorsque Lola rentrait, sa fille était couchée depuis bien longtemps.

Alex alla appuyer sur la touche du répondeur téléphonique. Sa mère laissait toujours un message lorsqu'elle arrivait en retard.

Eh bien tant pis, pensa-t-elle pendant que la bande se rembobinait, elle ferait la fête seule avec son père. Il devait bien rester une boîte de raviolis, et une ou deux tranches de jambon.

« ... Allô, ma puce, c'est papa. Je suis désolé mais je ne pourrai pas venir. Bon anniversaire ! BIP... Chérie, c'est maman. Devine, c'est formidable. On me propose une émission à la télévision ! Tu te rends compte, ta mère va passer à la télé ! Faut que je dîne avec le producteur. On se verra demain, bisou-bisou. BIP... Allô, c'est encore moi ! Bon anniversaire, ma chérie ! BIP... »

Et voilà, se dit-elle, même son père l'avait abandonnée. Elle alla en traînant les pieds jusqu'à la cuisine pour se composer un sandwich. Ensuite elle alluma la télévision et elle s'affala sur le canapé du salon.

Puis elle zappa au hasard : Une, la journaliste demandait avec tact au seul survivant d'une catastrophe aérienne : « Alors comme ça, votre femme et vos trois enfants sont décédés, et en plus vous êtes paralysé ? » Deux, fusillade dans la nuit américaine : « Arg ! Tu m'as eu, Jack ! » fit le méchant avant de s'effondrer raide mort. Trois, émission médicale : « ... les cacahuètes salées donnent de la cellulite... »

« C'est tout ce qu'il me faut, ronchonna Alex, une émission bien débile et un bon gros sandwich. Bon anniversaire, Alexandra... »

Lorsqu'elle sentit une larme perler, elle se leva d'un bond pour se choisir une cassette.

« Finalement, fit-elle en reniflant, j'aurais dû accepter l'invitation de Je-Sais-Tout... Vieux proverbe chinois : mieux vaut un pion surdoué qu'un sandwich d'anniversaire solitaire. Tiens, justement voilà *Cléopâtre*! À nous deux, Cléopâtre. »

Elle alla se rasseoir pour manger son sandwich. Trois bouchées et elle n'eut plus faim. Sur l'écran, un grand esclave musclé venait d'apparaître avec un tapis sur l'épaule. Il le déroula devant Jules César, et, ô merveille! la belle Cléopâtre en sortit...

L'histoire se passait à Alexandrie. Alex détestait ce nom de ville. Depuis sa plus tendre enfance, il y avait toujours un imbécile pour lui brailler cette vieille chanson : « Alexandrie... hi! Alexandra... ha! » C'est ainsi qu'Alexandra était devenue Alex.

« Et si je téléphonais à Violaine? »

Pour lui dire quoi? Que c'était son anniversaire et que ses parents avaient oublié de venir? Ses camarades pensaient qu'avoir une mère célèbre était une chose merveilleuse. Certains même la fréquentaient dans l'espoir de rencontrer chez elle le gratin de la télé et de la radio. Comme Bruno. Quand il avait compris qu'Alex Boissieu ne vivait pas sur la même planète que Lola Morgane, il l'avait laissée tomber pour une autre.

Cléopâtre, la belle reine d'Égypte, montait sur son char, un énorme machin tiré par cent esclaves... Alex arrêta brusquement la cassette. C'était l'heure. Elle se précipita pour brancher la radio. La voix de sa mère s'éleva, une voix légèrement rauque qui donnait des frissons dans le dos, qui donnait envie de s'abandonner. *Confidences de la nuit* commençait.

« ... Dites-moi tout.

— Allô, Lola ? »

Rien de plus ridicule, pensa Alex comme chaque soir, que ces deux syllabes mêlées. Mais Brigitte Boissieu – alias Lola Morgane – trouvait cela sensuel, et les auditeurs aussi.

« Lola, reprenait une femme à la voix hachée par l'émotion. Lola, mon mari me trompe...

— Vraiment ? Qu'est-ce qui vous le fait croire ? fit la voix de velours.

— ... Il y a des signes qui ne mentent pas, Lola. Il ne mange plus ma blanquette de veau. Avant il adorait ma blanquette de veau...

— Ne vous affolez pas, sans doute veut-il suivre un régime et n'ose-t-il pas vous l'avouer... Proposez-lui des crudités et des grillades, vous verrez que cela ira mieux entre vous.

— Vous croyez, Lola ? fit la voix.

— Mais oui. Si vous avez un autre problème, comptez sur moi... Je vous écouterai toujours, je suis votre amie... N'hésitez pas à m'appeler, reprit Lola de sa belle voix chaude, je ne suis là que pour vous... »

Voilà que ces maudites larmes coulaient de nouveau ! Alex vida sa poche à la recherche d'un mouchoir, jetant pêle-mêle les papiers qui l'encombraient. Puis, brusquement, elle s'empara du téléphone et composa le numéro. Après cinq sonneries qui lui parurent une éternité, on décrocha enfin.

« Allô, madame Lauriol ? C'est Alexandra Boissieu. Votre essai, j'ai décidé de le faire. »

3

Préparatifs mystérieux

Re-tribunal militaire. Ils étaient huit cette fois-ci à l'observer, blouse blanche et stylo en main. Deux seulement semblaient vivants : Carole Lauriol et Max Walter, la copie conforme du professeur Tournesol – en moins sourd –, qui lui adressa un clin d'œil de connivence.

La chaise était dure, Alex ne savait pas quoi faire de ses mains, mais elle attendit avec calme.

« Ton nom? »

La question avait fusé en égyptien ancien.

« Alexandra, envoyée d'Isis, la déesse aux dix mille noms. »

La réponse aussi était en égyptien. Alex lança à Mme Berg un regard qui semblait dire : vous voyez que la nullarde n'est pas si nulle que ça !

« Que sais-tu de la dynastie des Lagides? »

Cette fois-ci c'était du grec. Elle rassembla ses souvenirs pour répondre dans la même langue :

« Ptolémée Ier Sôter prit le pouvoir en Égypte à la mort d'Alexandre le Grand... »

Alex était incollable sur les Lagides. Si le jury lui laissait deux heures, elle leur raconterait la colonisation de l'Égypte par les Grecs, ainsi que les règnes des quinze Ptolémée, avec en prime la vie des sept Cléopâtre et de la demi-douzaine de Bérénice et d'Arsinoé. Max avait bien insisté : en plus du grec, de l'égyptien, du latin et du syrien, elle devait connaître les trois premiers siècles avant notre ère comme si elle y avait vécu. Pourquoi? Elle ne le savait pas...

Depuis son arrivée, voilà dix jours, tout était bien mystérieux. D'abord, ce centre de recherches. De dehors cela avait l'air d'un immeuble cossu de banlieue, mais dedans!...

Dedans cela tenait de... l'hôpital du futur et de la centrale nucléaire! Il y avait du matériel comme Alex n'en avait jamais vu. À chaque question qu'elle posait, on lui répondait immuablement : « Ne t'inquiète pas, on t'expliquera plus tard... »

Le premier jour, elle avait subi des tests d'intelligence. Ouf! Bonne pour le service, avait-elle pensé. Comme quoi on pouvait être la plus mauvaise élève de sa classe et pas une imbécile pour autant.

« Pour passer en phase deux, il nous faut l'accord de ta mère, avait alors déclaré Max.

— Aucun problème. »

Elle avait utilisé sa méthode habituelle. Il suffisait de réveiller Lola à sept heures du matin, – autant dire à l'aube –, et de lui tendre le papier et le stylo en lui indiquant où signer.

« Qu'est-ce que c'est? demanda-t-elle en bâillant, les yeux bouffis de fatigue.

— Mon abonnement de gymnastique, il faut que je le rende aujourd'hui. Je suis désolée de te réveiller si tôt...

— Tu as raison, il faut entretenir son corps », fit sa mère en signant.

Elle se recouchait déjà et fermait les yeux.

« Maman?

— Mmm?…

— Je voudrais passer quelques jours chez une amie pour réviser des cours…

— Vas-y… De toute façon, j'aurai beaucoup de travail cette semaine, alors profites-en. »

Et voilà. Alex n'eut même pas mauvaise conscience d'avoir menti à sa mère. Que lui aurait-elle dit, d'ailleurs? Qu'elle voulait participer à un projet scientifique dont elle ne connaissait rien? Max avait prévenu le directeur du lycée et le papier était signé : Alex était libre pour dix jours.

Max, en l'installant au centre, expliqua enfin :

« Nous allons nous occuper de ta mémoire. »

Sa chambre était petite et impersonnelle. Près du lit trônait un magnétophone. Max posa la main dessus, puis lui dit en riant :

« Ce sera ton ami le plus fidèle. Nous allons procéder par une sorte d'hypnose… »

Alex se souvenait d'avoir vu à la télévision un hypnotiseur, un homme aux yeux exorbités sur une scène de théâtre. Il répétait : « Vous avez chaud, vous avez chaud… » et la pauvre fille qu'il avait endormie se déshabillait sous les rires des spectateurs. Max, qui avait saisi son expression, s'empressa d'ajouter :

« Il y a hélas! beaucoup de charlatans qui se servent de l'hypnotisme pour s'enrichir. Mais c'est une science très précieuse pour soulager les douleurs de certains malades, ou pour apprendre. Une heure d'enseignement avec ma méthode représente trente heures de cours sans effort. Il faut que dans dix jours tu saches suffisamment de grec, d'égyptien et... d'autres petites choses, pour tenir une conversation.

— Mais pour quoi faire, bon sang?

— Pour une aventure... merveilleuse, si tu réussis l'examen, mais rien de malhonnête. »

Il caressa son magnétophone, comme on flatte un chien, et poursuivit :

« Si tu rates l'examen, tu auras quand même acquis des connaissances que la plupart des gens mettent des années à apprendre, ce qui n'est déjà pas si mal. »

Jusqu'à présent Alex avait tout réussi : les tests médicaux, sportifs, psychologiques...

Chaque soir, Max Walter l'endormait et lui branchait ses écouteurs. Elle se levait chaque matin fraîche et dispose, puis Carole et Max l'emmenaient visiter les musées. Elle constatait avec stupéfaction que les objets antiques dans les vitrines lui devenaient étrangement familiers.

Un après-midi, au Louvre, elle se surprit même à expliquer à des touristes, devant le célèbre *Scribe accroupi*, comment les Égyptiens écrivaient. C'était sorti tout seul, sans peine, comme si elle l'avait toujours su.

Mais ce soir elle saurait vraiment tout, songea-t-elle, si toutefois Mme Berg et ses automates en blouse blanche jugeaient l'expérience concluante.

Carole avait l'air si tendu qu'Alex en avait mal pour elle. Max essuyait ses petites lunettes à en user les verres. Il le faisait souvent quand un problème le tracassait. Avec un pincement au cœur, Alex se rendit compte que ces deux-là étaient devenus presque une famille pour elle.

« Que savez-vous des crues du Nil ? De la guerre civile entre Jules César et Pompée ? »

Les questions s'enchaînaient sans lui laisser le moindre répit.

Au bout d'une heure, ils la laissèrent, épuisée, vidée. Carole la fit sortir, puis le jury délibéra.

« Bien sûr, souffla Carole, c'est loin d'être parfait, mais je crois que c'est dans la poche. Je suis si fière de toi ! »

Alex en eut les larmes aux yeux. Voilà des années qu'elle attendait que sa mère lui dise ces quelques mots, et c'était une inconnue, rencontrée il y a dix jours à peine, qui les prononçait aujourd'hui... Max vint la prendre par le cou pour la serrer contre son épaule :

« Tu as fait du bon travail. Viens, le jury t'attend. Tu passes en phase trois. »

Phase trois ! Cela sonnait bien à l'oreille. Il y en avait quatre, lui avait dit Carole. Chic, la phase trois commençait par une séance de cinéma. Déception. Sur l'écran apparut une photo d'elle, une photo parue dans la presse voilà un an, où sa mère la serrait possessivement par la taille. La légende disait :

« Lola et sa fille, son unique trésor. »

Elle y avait l'air grave, de profil, avec ses cheveux bruns lâchés dans le dos.

Alex n'aimait pas cette photo ; on n'y voyait que son nez busqué, ses yeux en amande et ses pommettes trop hautes qui lui donnaient un je-ne-sais-quoi de mongol. « Attila », c'est ainsi que certaines de ses camarades du primaire l'avaient surnommée.

Sur l'écran apparut alors une autre photo. C'était un bas-relief égyptien, Cléopâtre VII en déesse Hator. Comme sur tous les bas-reliefs de l'époque, la reine avait le corps de face et la tête et les pieds de profil. Il y a encore dix jours, Alex aurait dit stupidement : « Pas commode pour marcher ! » Mais aujourd'hui elle savait que chaque geste gravé avait une signification quasi magique et que chaque portrait était ressemblant. Ainsi, si elle avait vécu à Alexandrie, elle aurait pu reconnaître facilement Cléopâtre dans la rue, avec son nez busqué, ses pommettes hautes et…

Sur l'écran, les deux photos apparurent l'une à côté de l'autre.

« … Et ses yeux en amande, termina-t-elle tout bas. La ressemblance… »

Une bouffée d'angoisse lui étreignit la gorge. Que signifiait cette mise en scène ?

« Oui, la ressemblance, répéta Mme Berg. Je dois avouer que je me suis aussi trompée là-dessus. Vous lui ressemblez… assez. »

Les mots semblaient lui écorcher la bouche, pourtant elle poursuivit :

« Si vous aviez vécu en Égypte au premier siècle avant notre ère, et que l'on soit venu vous dire : "La reine est en danger, nous avons besoin d'une doublure...", qu'auriez-vous fait? »

Après quelques secondes d'effarement, Alex se contenta d'en rire :

« Je serais partie en courant. L'entourage de Cléopâtre était un vrai nid d'intrigues!

— Vous avez raison, reconnut Mme Berg. Mais vivre, pour ainsi dire, dans les pantoufles de Cléopâtre, goûter au luxe des pharaons, visiter la Grande Bibliothèque d'Alexandrie, rencontrer Jules César... cela ne vous tenterait pas?

— Non, pas du tout. À tout prendre, je préférerais une semaine de vacances à Tahiti!

— Bien... fit Mme Berg, l'affaire est close. Nous chercherons une autre candidate. »

La lumière se ralluma. Alex avait raté la phase trois. Où donc avait-elle fait une erreur? Une fois de plus Carole Lauriol vola à son secours :

« Vous ne lui avez rien dit, accusa la jeune femme. Comment pourrait-elle s'engager si elle ne comprend pas ce qu'on attend d'elle?

— Si vous cherchez une doublure pour jouer Cléopâtre dans un spectacle, lança Alex en désespoir de cause, je suis d'accord.

— Pas dans un spectacle...

— Dans un film?

— Non plus », reprit Carole.

La jeune femme la força à se rasseoir.

« Tu te souviens que, conformément au testament de son père, Cléopâtre a dû épouser son frère, le roi Ptolémée XIII...

— Oui, tu me l'as appris.

— Ptolémée laissait ses trois conseillers gouverner en son nom. Ils ont tenté d'assassiner Cléopâtre, car la reine les empêchait d'agir à leur guise. Elle a fui dans le désert pour sauver sa vie. Pendant ce temps, César et Pompée, les deux hommes les plus puissants de leur temps, se battaient pour prendre le pouvoir à Rome[1].

— Oui...

— Les Égyptiens soutenaient Pompée. Ils lui ont même envoyé des renforts pour l'aider à combattre Jules César.

— D'accord...

— Et à la mort de Pompée, Cléopâtre n'a pas hésité à pactiser avec son ennemi, Jules César, pour qu'il l'aide à reprendre son trône. Elle a eu l'audace de revenir dans le palais, au nez et à la barbe des gardes, ca-

1. Pour plus de renseignements, voir résumé historique en fin de livre.

chée dans un tapis... Puis, César et Cléopâtre se sont battus ensemble contre les partisans de Ptolémée. Cette guerre a fait des milliers de victimes. La Bibliothèque, où était rassemblé tout le savoir du monde, a brûlé. Pour finir, le jeune roi Ptolémée XIII est mort. Alors seulement, Cléopâtre est devenue la puissante reine que nous connaissons.

— Oui, je le sais. Quel rapport avec moi ?

— Imagine que Cléopâtre ne rencontre pas César, que son frère-époux Ptolémée garde le pouvoir, que serait-il arrivé d'après toi ? »

Vaste problème, pensa Alex, qui ne voyait pas où Carole voulait en venir. Cléopâtre ne rencontrant pas César... ? Cela signifiait de sacrés bouleversements dans l'Histoire ! Voyons... Pas de trône pour Cléopâtre... Pas d'Empire romain... Pas de Gaule romaine... ? C'était stupide !

« De toute façon, fit en riant Alex, Cléopâtre a rencontré César voilà deux mille ans.

— C'était vrai jusqu'à il y a peu de temps... »

Si quelqu'un d'autre que Carole lui avait affirmé une telle chose, Alex lui aurait ri au nez. Mais la jeune femme, devant son air incrédule, poursuivait pour l'en convaincre :

« Cet institut fait des recherches très spéciales sur le temps. Nous avons maîtrisé le temps, Alex.

— N'importe qui, avec une bonne montre, peut maîtriser son temps.

— Oui, mais nous, jeta d'un ton sec Mme Berg, nous maîtrisons aussi l'Histoire.

— Du moins le pensions-nous », soupira Carole.

Alex mit quelques secondes à comprendre. C'était tellement énorme qu'elle se prit le visage à deux mains, n'osant y croire :

« Êtes-vous en train de me dire que vous pouvez voyager dans le temps ? »

Carole acquiesça, attendit qu'Alex ait digéré l'information, puis poursuivit :

« Nos scientifiques ont déjà effectué plusieurs voyages vers le passé, en prenant garde de ne pas modifier les événements. Imagine que l'un d'eux transforme le passé, et c'est notre présent qui change par ricochet...

— Alors, la phase quatre, c'est le voyage dans le temps ? reprit lentement Alex.

— Seulement si tu es d'accord. »

Mme Berg expliqua alors :

« Un de nos scientifiques, Herbert, a manipulé le matériel à notre insu. Nous savons qu'il a débarqué en 49 avant notre ère, mais nous ignorons où. Comme c'est un spécialiste de cette époque, il va sans doute en tirer parti pour faire fortune et prendre le pouvoir. Il suffirait donc qu'Herbert tue Cléopâtre et... »

Invraisemblable, pensa Alex. Incroyable, inimaginable, inconcevable, impossible... Mais Mme Berg, Carole, Max et les autres n'avaient pas l'air de se taper sur les cuisses en disant : « Quelle poire, cette Alex, elle gobe n'importe quoi! » Ils semblaient tous diablement sérieux au contraire. Et si c'était vrai? La conclusion était facile à prévoir :

« Votre Herbert est donc le seul à savoir où se cache Cléopâtre, et où et quand elle rencontrera César, termina Alex. Ce n'est pas une plaisanterie?

— Hélas non!

— Donc, vous voulez que j'aille... là-bas et que je profite de ma ressemblance avec la reine pour détourner l'attention de votre homme pendant qu'elle ira se mettre sous la protection de César?

— Oui. Herbert connaît tous les scientifiques du centre. L'un d'eux, parti pour le persuader de rentrer, nous est revenu... mort. »

Mme Berg avait lâché le mot dans un silence pesant. Elle poursuivit à contrecœur :

« Je ne vous cache pas que cela me coûte de mettre un amateur dans la confidence, d'autant que la mission est dangereuse. Mais votre aide serait la bienvenue. Vous avez trois jours pour réfléchir et vous y préparer.

— Ce... voyage durera combien de temps ?

— Pour toi seize jours, répondit Max, pour nous une heure. Tu seras partie à 14 heures et revenue à 15 plus vieille de seize jours. Mais si Cléopâtre mourait à ce moment-là, nous ne pourrions pas te garantir le retour. Rien ne dit que dans le nouveau futur on ait inventé la machine à voyager dans le temps... »

Le temps, le temps... C'est fou comme le temps passe à la fois vite et lentement, songea Alex. Deux jours avaient passé depuis l'examen, quarante-huit heures à se demander : J'y vais ? Je n'y vais pas ? Et personne à qui en parler.

Sa mère avait fait une brève apparition pour lui débiter d'une traite : « Alors, ça va, chérie, ça va le lycée? Et les copains, ça boume? » Elle était repartie avant d'avoir entendu la réponse.

« J'y vas-t-y, j'y vas-t-y pas... » L'idée de faire quelque chose d'aussi fou la tentait. On ne lui demandait rien de moins que de sauver Cléopâtre, le futur Empire romain, le monde quoi!

« À la gloire d'Alex Boissieu, l'humanité reconnaissante » : c'est ce que l'on graverait sur le socle de sa statue... Non, personne n'en saurait jamais rien, et, à son retour, personne ne lui offrirait des fleurs... Si elle en revenait, songea-t-elle. La petite famille de Cléopâtre était aussi sympathique qu'un nid de serpents, et le dénommé Herbert devait l'attendre le couteau entre les dents!

« Vous rêvez, mademoiselle Boissieu? s'écria brusquement le professeur.

— Je ne rêve pas, monsieur, je réfléchis.

— Vous réfléchissez? C'est une grande première! Boissieu réfléchit maintenant! »

La classe se mit à rire, bêtement. Alex se contenta de hausser les épaules. Il y a encore dix jours, elle se serait levée, rouge de colère, pour insulter l'enseignant. Dieu qu'elle avait changé en dix jours! Fort heureusement la sonnerie annonçant la fin du cours retentit. Alex rassembla ses affaires et se dirigea sans un mot vers la sortie. Je-Sais-Tout était là à l'attendre.

« Le directeur veut me voir, je parie? lui dit-elle avec une grimace résignée.

— Non... fit-il d'un air gêné, j'ai besoin d'un conseil... Julien Fabre m'invite pour son anniversaire, demain soir. J'ai peur qu'un surveillant, au milieu d'une fête de lycéens,...

— Appelle plutôt ma mère, le coupa Alex, elle est payée pour résoudre les problèmes des tordus.

— Boissieu, je suis sérieux! »

Il avait toujours l'air sérieux, c'était bien ça le pire. Alex le regarda, et retint à temps la réplique acide qu'elle lui destinait en représailles de « Boissieu » : Gabriel avait l'air sérieux et... triste.

« Si Julien t'invite, reprit-elle sur un ton plus aimable, c'est qu'il t'apprécie. Alors va à son anniversaire, mais par pitié, Gabriel, laisse ton air glacial au vestiaire. »

Gabriel se renfrogna encore davantage :

« Je n'ai pas l'air glacial.

— Si. »

Il soupira, mais ne répliqua pas. Après quelques secondes, il demanda enfin :

« Tu y seras, toi, chez Julien?

— Peut-être. J'ai un... rendez-vous demain. Je ne sais pas si je serai de retour... à temps. »

Aurait-elle le courage de faire la fête après seize jours en compagnie de Cléopâtre? Mais aurait-elle seulement le courage de partir?

« Maintenant, dit-elle, à toi de me conseiller, Je-Sais-Tout.

— Presque-Tout, reprit Gabriel avec une pointe d'humour qu'elle ne lui connaissait pas. Je-Sais-Presque-Tout.

— Eh bien, Je-Sais-Presque-Tout, si tu pouvais sauver le monde au péril de ta vie, le ferais-tu?

— Sans doute, fit-il comme s'il se parlait à lui-même. Se dire que l'on peut être utile au reste de l'humanité, cela doit être grisant. Tu as l'intention de sauver le monde à toi toute seule ?

— Oui, ce matin je me suis levée, et je me suis dit : tiens, je sauverais bien le monde! »

Gabriel croisa les bras en souriant :

« Si tu veux de l'aide, je n'ai rien de mieux à faire.

— Désolée, répondit-elle sèchement, mais je n'ai besoin de personne! »

Ah çà mais, Gabriel l'agaçait! Elle ne savait pas pourquoi, mais chaque fois qu'il devenait gentil, cela lui semblait louche. Depuis quand les surdoués s'intéressaient-ils aux cancres?

« J'y vas-t-y, j'y vas-t-y pas... » L'obsession, comme une litanie, la réveilla la nuit.

« J'y vas-t-y, j'y vas-t-y pas... » Et sa mère, serait-elle fière d'elle si elle savait?

« J'y vas-t-y, j'y vas-t-y pas... » P't-être ben qu'oui. P't-être ben qu'non.

Elle retomba, la tête sur l'oreiller, les yeux ouverts sur l'obscurité. Gabriel avait raison, se sentir utile, gratuitement, devait être grisant. Se lever le matin, se regarder dans la glace, et pouvoir se dire : le monde n'est pas parfait, mais il tourne un peu plus rond, grâce à moi...

« J'y vais. »

D'abord elle avait fait un saut. Un tout petit de deux siècles. Pour s'habituer, lui avait dit Max. On était le 21 juillet 1798. Elle resta quelques minutes devant les Pyramides, au moment où Napoléon Bonaparte arrivait avec son armée. Hélas! elle repartit avant qu'il ne prononce son célèbre :

« Soldats, songez que du haut de ces Pyramides quarante siècles vous contemplent. »

Il faisait chaud, une douce brise soufflait. Aussi se sentit-elle déçue d'entendre son bracelet lancer le bip-bip qui lui signalait qu'elle allait être transférée. En un battement de cils, elle se retrouva dans le laboratoire. Et tandis que les médecins se précipitaient pour faire des analyses, elle fut sans doute la seule à songer que cet été 48 avant Jésus-Christ allait être bien agréable.

Mon « testament »! pensa Alex tout à coup. C'était une lettre stupide, pleine de grands sentiments, qu'elle avait laissée à sa mère en cas de problème. Il lui faudrait la récupérer coûte que coûte dès son retour dans une heure – à moins que ce ne soit dans seize jours?

« Nous avons fait de minutieux repérages, expliqua Mme Berg. Vous débarquerez au milieu du camp de Cléopâtre, dans le désert, la veille de l'arrivée de César à Alexandrie, c'est-à-dire deux jours après la mort de Pompée. Votre arrivée sera spectaculaire. À vous de les convaincre que vous êtes une envoyée des dieux venue pour aider la reine. »

Alex acquiesça. Finalement, cette mission n'avait rien de bien compliqué.

« Prenez garde à votre bracelet, insista encore Mme Berg, n'oubliez pas que c'est votre seul billet de retour. »

Alex enfila la robe blanche en lin des prêtresses d'Isis et passa à son cou un large collier d'or et de lapis-lazuli. Elle se coiffa d'une perruque noire nattée, maquilla ses yeux d'un trait de khôl en tremblant un peu, puis, enfin, retourna se placer dans le caisson temporel.

La dernière chose qu'elle vit, avant que Valentine Berg n'appuie sur le bouton rouge, fut le visage anxieux de Carole et ses doigts croisés pour conjurer le mauvais sort.

« Cléopâtre, me voilà ! »

4

« Cléopâtre, me voilà ! »

Ouille ! L'endroit n'avait rien d'un campement.

« Y aurait-il eu une erreur quelque part ? »

C'était une cellule, petite, chaude, moite. Alex leva les yeux vers le plafond bleu peint de grosses étoiles. Au centre de la pièce, elle distinguait à la lueur des lampes à huile une haute niche en pierre posée sur un socle.

L'odeur d'encens était entêtante. Alex, assise par terre, se releva lentement pour s'approcher d'une sorte de table couverte de galettes d'orge, de coupes de lait, et de rayons de miel.

« Le buffet a l'air alléchant, mais où se cache le comité d'accueil? » souffla-t-elle en allant se poster devant la niche.

Dedans était placée une étrange petite statue de femme habillée d'une cape de lin blanc. C'était Isis en personne! Aucun doute, Alex se trouvait dans un temple, dans le sanctuaire, l'endroit secret où seuls les prêtres pouvaient pénétrer.

« Un temple! Heureusement que Mme Berg avait fait de minutieux repérages! »

Elle était sûrement en Égypte, mais où et quand? Elle chercha machinalement son bracelet à son poignet. Oui, elle l'avait. Au moins pourrait-elle rentrer chez elle dans seize jours!

« Bon. Et maintenant, qu'est-ce que je fais? » soupira-t-elle en poussant la porte du sanctuaire.

Elle pénétra dans le reposoir. Alex jeta un œil sur la barque sacrée qui servait, les jours de fête, à promener la statue de la déesse. Puis elle poursuivit vers une salle à la peinture verte écaillée dont les colonnes imitaient des touffes de papyrus.

« Salle... hypostyle? souffla Alex en cherchant le mot juste. En tout cas, ce n'est pas un temple important... Pas de colonnes de vingt mètres de haut... pas d'armée de prêtres... »

Au fond de la salle, par une large porte ouverte, elle distinguait la lumière orangée du soleil couchant se reflétant sur un pylône[1] délabré, presque en ruine. Et derrière le porche du pylône, il y avait?... Rien, le désert.

« Bravo, madame Berg! râla bien haut Alex. Ça c'est de la précision! Et je la retrouve comment, moi, Cléopâtre? »

Elle n'eut pas le temps de pester davantage, car un cri la fit se retourner. Trois femmes vêtues du lin blanc des prêtresses, l'air ébahi, se tenaient serrées les unes contre les autres. Puis, la surprise passée, voilà qu'elles se précipitèrent vers Alex et se prosternèrent à ses pieds!

« Miracle! » hurla l'une d'elles.

Évidemment, on ne devait pas voir tous les jours des inconnues vêtues commes des princesses sortir comme par magie de la demeure sacrée d'Isis! Mme Berg lui avait promis une arrivée fracassante, elle l'avait!

---

1. Porte monumentale construite à l'entrée des temples égyptiens. Les temples égyptiens étaient tous bâtis sur le même modèle: pylône, cour, salle hypostyle (salle dont le plafond est soutenu par des colonnes), reposoir et sanctuaire.

« Mesdames, je vous en prie… », commença Alex en français, en reculant à pas lents. »

Deux autres femmes, des fidèles attirées par les cris des prêtresses, venaient d'accourir. Elles virent l'apparition, et, aussitôt, elles allèrent se jeter avec les autres aux pieds d'Alex qui s'affola pour de bon.

« Miracle ! Isis » reprit avec ferveur une paysanne édentée. Elle tendait vers Alex ses vieilles mains colorées au henné. Ses yeux la regardaient avec adoration. C'était si poignant qu'Alex eut tout à coup honte de duper ces pauvres gens.

« Je ne suis pas une déesse, expliqua-t-elle en égyptien. Je suis juste Alexandra, envoyée d'Isis, la déesse aux dix mille noms… »

Les femmes entamèrent alors un hymne sacré : *« Salut à toi, Isis, mère de la nature entière, maîtresse des éléments, trône de Geb, fauconne des dieux… »* Elles lançaient la litanie des noms d'Isis. Mais voilà que les prêtresses commençaient à ramper vers elle ! Alex, terrifiée par tant de ferveur, se colla le dos au mur.

« Je cherche la reine Cléopâtre ! s'écria-t-elle, la voix saccadée. Je viens l'aider. »

La seconde fidèle, à genoux, la regardait, comme éberluée. C'était une jeune fille d'une extraordinaire beauté malgré le voile grossier de laine qui lui enveloppait le corps. Elle se leva, un lumineux sourire aux lèvres, puis elle s'approcha, les mains en croix sur sa poitrine, pour s'adresser à Alex :

« Ô envoyée des dieux, merci de m'avoir choisie, moi, Tyché, la plus indigne des esclaves, pour te servir de guide. Louée soit Isis de t'avoir donné l'apparence de la reine afin que je te reconnaisse ! Je suis bénie entre toutes… »

Un « oh ! » indigné parcourut les prêtresses.

« Qui es-tu, misérable esclave, s'offusqua l'une d'elles, pour oser pénétrer dans notre temple, vêtue de laine impure, le corps souillé de poussière, et parler debout à l'envoyée d'Isis ? »

Mais heureusement « l'envoyée » n'avait pas l'air courroucé. Elle semblait même soulagée :

« Tu sais où est Cléopâtre ? s'étonna Alex.

— Oui, je suis son humble servante.

— Conduis-moi à la reine », la pressa Alex.

« Ne nous quitte pas, l'implora une prêtresse. Louée soit Isis, qui a exaucé nos prières ! Grâce à toi cette demeure divine oubliée des hommes retrouvera sa gloire, l'herbe reverdira, les troupeaux prospéreront…

— Mais, s'offusqua Tyché, l'envoyée est venue aider la divine Cléopâtre, pas votre temple ! Si vous lui barrez le chemin, elle se changera en lionne, tel l'Œil de Rê, pour vous dévorer toutes ! »

Les femmes rentrèrent craintivement la tête dans les épaules. Une apparition divine et une esclave royale à la beauté surnaturelle lançant des incantations magiques, cela faisait beaucoup en un seul jour pour un temple où il ne se passait jamais rien…

Elles se mirent à gémir comme des pleureuses lors de funérailles. Ces signes de désespoir ne troublèrent pas pour autant la jeune Tyché, qui montra le chemin à Alex avant de la précéder, les yeux modestement baissés.

Alors, pour apaiser les femmes, Alex enleva son collier, qu'elle posa à terre. « Pour votre temple, fit-elle en s'éloignant, de la part d'Isis… »

Ensuite, la jeune fille se prépara à prendre

ses jambes à son cou, des fois que les prêtresses ne cherchent à la retenir.

Dehors, la chaleur était étourdissante. Aussi loin que portaient les yeux, il n'y avait que collines de caillasse stérile. Le temple semblait posé au milieu de nulle part, avec de petites maisons en boue séchée qui avaient poussé le long de ses flancs, comme de grosses verrues.

Les ombres longues du couchant donnaient un peu de fraîcheur à une poignée de femmes, pieds nus dans la poussière. Elles faisaient la queue près d'un puits, sans doute le seul à des kilomètres à la ronde, tandis que deux enfants rassemblaient quelques brebis efflanquées. C'était donc cela le luxe des pharaons ?

« Cette nuit, j'ai rêvé qu'Isis me montrait du doigt, fit timidement Tyché. C'est pourquoi j'étais venue interroger les prêtresses... »

La jeune esclave serra dans sa main une petite croix ansée en faïence bleue qui pendait à son cou. Ses yeux étaient brillants de cette foi qui, dit-on, déplace les montagnes.

« Suis-moi, reprit Tyché en l'entraînant sur une piste caillouteuse, nous nous cachons à une heure de marche. Ce rêve était si intense, que je suis partie du camp sans permission... Bien sûr, je mérite d'être punie, mais j'ai eu raison, n'est-ce pas, puisque Isis m'a choisie...? Maintenant, avec toi et le grand Pompée pour nous guider, la divine Cléopâtre va battre son frère, et reprendre son trône. Celui-là, que les génies de Sekhmet lui dévorent les entrailles, que le souffle de Mout le brûle, qu'Apopis, le serpent, l'étouffe !

— Ne nous plaignons pas, soupira tout bas Alex en écoutant l'esclave égrener ses malédictions. Mme Berg aurait pu me perdre dans le désert, et j'ai déjà retrouvé la reine ! Reste à savoir ce qu'est devenu le grand Pompée ! »

Justement, non loin de là, un cri s'élevait :

« Pompée est mort ! »

L'homme, un grand Égyptien, essoufflé d'avoir chevauché de si longues heures, s'effondra aux pieds de Cléopâtre. Il semblait hagard à la lueur du feu de camp.

« Parle, Amyntas ! s'écria-t-elle.

— Ton frère lui a tendu un piège, il l'a fait assassiner par Achillas, le chef de ses armées... »

La jeune fille, découragée tout à coup, se laissa tomber dans le sable au côté de son espion. L'ami de son père était mort? L'ancien maître de Rome que Jules César venait d'écraser à la bataille de Pharsale... Mort? Dire qu'elle comptait lui offrir un refuge sûr en échange de son aide à reconquérir le trône...

« Pompée était dans un navire devant le port de Péluse, raconta l'espion. Achillas est arrivé en barque avec deux de ses hommes. Il lui a dit que le roi désirait le voir. Pompée ne s'est pas méfié, persuadé que Ptolémée allait lui donner asile, comme il l'avait promis. Alors, il est monté dans la barque. Ils n'avaient pas atteint la grève que les deux hommes d'Achillas lui plantaient leurs épées dans le dos... Les marins de Pompée n'ont pas bougé, ils ont hissé les voiles et pris le large...

— "Malheur aux vaincus!", comme disent les Gaulois. »

Amyntas baissa la tête. La reine avait raison : malheur aux vaincus.

« Ensuite, reprit Amyntas, les hommes de ton frère ont traîné Pompée sur le sable pour lui couper la tête. Achillas lui a arraché son sceau du doigt, puis ils sont partis sans même lui donner une sépulture.

— Mon frère paiera pour ce crime, s'emporta Cléopâtre, j'en fais le serment ! »

Pourtant elle ne semblait pas de taille à lutter, la frêle jeune fille qui parlait. Vêtue d'un manteau de berger en laine grossière, les cheveux en bataille, elle offrait une vision pitoyable. Qui aurait pu imaginer que cette fille de vingt et un ans aux yeux de chat fût la reine d'Égypte ?

« Lorsque ton frère a appris que César poursuivait Pompée jusqu'en Égypte, reprit l'espion, il s'est empressé de lui plaire en tuant Pompée. Il espère ainsi que le consul retournera bien vite à Rome recevoir ses lauriers, et qu'il le laissera gouverner à son aise.

— Mon frère ne gouverne pas, ricana Cléopâtre. Il obéit à sa clique d'eunuques. Pothin le tient aussi sûrement qu'un chien en laisse et Théodote, son précepteur, lui ferait faire n'importe quoi ! Et l'on voudrait que je règne avec cette mauviette ! »

Pompée était mort ! L'homme qui avait mis son père sur le trône d'Égypte, le tuteur de son frère de quatorze ans... Cléopâtre retint ses larmes à grand-peine : une reine ne pleure pas devant des inférieurs.

« Mon imbécile de frère a commis une

grave erreur en assassinant son tuteur. César ne le lui pardonnera pas.

— Le consul est avec quatre mille hommes devant l'île de Pharos, poursuivit Amyntas. Demain il entrera dans Alexandrie.

— Par Sérapis, s'écria Cléopâtre, qu'attend donc cet arriéré de Ptolémée pour le repousser à la mer? Que César nous déclare province romaine? Qu'il vienne piller Alexandrie? Ces chiens galeux de Romains ne sont bons qu'à une chose : la guerre. Ils ont déjà volé leur terre à presque tous les peuples de la Méditerranée! »

La reine donna un violent coup de poing dans le sable, avant de reprendre d'une voix hachée :

« César est une sangsue... Il nous fait payer tribut en échange de notre indépendance. Mon père lui a versé la moitié de sa fortune pour conserver son trône, et voilà qu'il vient en personne chercher l'autre moitié! »

Elle étouffa un sanglot et essuya furtivement une larme. Si elle avait été à Alexandrie, César aurait trouvé à qui parler! Au lieu de ça, Ptolémée allait se rouler à ses pieds! À moins que... Elle se redressa brusquement, et Amyntas vit dans ses yeux marron une lueur de défi.

À moins... qu'elle ne marche sur Alexandrie pour régler son compte à César. Le peuple, alors, la porterait en triomphe et lui offrirait le trône sans partage...

Non, pensa-t-elle en fermant les yeux, inutile de rêver. Son armée n'était pas assez puissante. Mieux valait mettre temporairement son orgueil dans sa poche et tenter de se faire un allié du Romain. Et pour cela, il fallait ruser.

« Amyntas, il faut que tu voies César en secret, et que tu lui dises que je ne suis pour rien dans le meurtre de Pompée. Dis-lui que je veux négocier. Pendant ce temps, je trouverai le moyen de rallier de nouvelles tribus bédouines. Tu partiras demain à l'aube. »

L'homme s'était relevé sans un mot, puis il avait disparu. Cléopâtre allait se retirer sous sa tente pour pleurer son ami en paix lorsque Tyché, l'une de ses jeunes esclaves, arriva en courant :

« Maîtresse, maîtresse ! Un miracle !

— Je ne suis pas d'humeur à plaisanter ! Tu vas tâter du fouet ! »

La jeune fille se jeta aux pieds de sa souveraine pour lui dire d'un ton suppliant :

« Je ne mens pas, maîtresse ! Au temple, un miracle ! Isis est avec nous !

— Eh bien quoi, parle donc, qu'on en finisse !

— J'étais au temple d'Isis près du village... »

La reine sembla tout à coup folle de rage, elle leva la main pour frapper l'esclave et lui assena une gifle retentissante.

« Folle ! J'ai interdit que l'on quitte le camp ! Tu veux donc nous faire repérer ? Sais-tu bien ce que les hommes de mon frère nous feront s'ils nous retrouvent ? »

Tyché se roula en boule sur le sable et attendit, la peur au ventre. Elle venait de comprendre qu'elle avait mis la vie de la reine en péril. Il lui fallait raconter son incroyable histoire, et peut-être sa maîtresse oublierait-elle alors de la faire fouetter.

« Ce soir une jeune fille est apparue tout à coup dans le temple. Elle est arrivée de nulle part et dit être une envoyée d'Isis venue pour t'aider.

— Encore une manigance de Pothin, l'eunuque de mon frère !

— Non, maîtresse, elle te ressemble tant que cela ne peut être qu'un signe des dieux. »

Cléopâtre ne croyait pas aux dieux. Ou

plutôt y croyait-elle lorsque cela arrangeait ses affaires. Certains prêtres n'hésitaient pas à manipuler le peuple en mettant en scène de faux miracles lorsque les offrandes se faisaient trop rares aux temples. Mais les conseillers de son frère étaient-ils capables d'un plan si raffiné?

« Amène-la-moi, fit enfin la reine.

—Tout de suite, maîtresse, tout de suite. »

« Ton nom? »

La question avait fusé en égyptien ancien.

« Alexandra, envoyée d'Isis, la déesse aux dix mille noms.

— Tu mens! C'est mon frère qui t'envoie? » s'écria Cléopâtre.

Cette fois-ci, c'était du grec... Qui donc avait dit que l'Histoire n'était qu'un perpétuel recommencement?

« Je suis venue pour t'aider, Cléopâtre! »

Dans la pénombre de la tente où on l'avait traînée, Alex regarda la reine s'égosiller. Une reine qui n'avait rien de commun avec la belle Cléopâtre du film. Elle ressemblait plus à une paysanne, avec son visage couvert de poussière, qu'à la femme fatale qui avait eu César à ses pieds. Dans son dos se tenait son garde du corps, une montagne de muscles à la mine peu avenante, du nom d'Apollodore le Sicilien.

« Comment m'as-tu trouvée? cria la reine. Qui d'autre est au courant? »

Alex ferma les yeux avec lassitude. Un solide mal de tête lui tenaillait les tempes. Max lui avait dit que cela arrivait parfois après un long voyage. Elle aurait donné n'importe quoi pour un verre d'eau fraîche et une ou deux aspirines. Mais au fait, avait-on déjà inventé l'aspirine?

« Réponds, chienne! » hurla Cléopâtre.

Alex sursauta. Cette fille lui tapait sur les nerfs. Voilà un bon quart d'heure qu'elle braillait. Et avec un de ces vocabulaires... Les égyptologues du Louvre en auraient attrapé des boutons, s'ils avaient pu l'entendre!

« Je t'ai déjà répondu, s'écria à son tour Alex. Je suis venue pour t'aider! »

Que lui avait dit Mme Berg déjà? « On vous accueillera en bénissant votre nom... » Effectivement les prêtresses avaient été impressionnées par son étrange arrivée, mais pas cette hystérique, cette névropathe, cette...

« Bravo, madame Berg, merci, madame

Berg ! » Autant dire que l'aventure commençait mal ! Alex arracha sa perruque d'un geste rageur pour la jeter par terre :

« Oh ! Et puis zut, j'en ai assez. »

La reine resta interdite devant la cascade de cheveux bruns qui coulait dans le dos de l'inconnue.

« C'est vrai que tu me ressembles.

— Si peu, rétorqua Alex en haussant les épaules. Je suis plus jeune et plus grande que toi. J'ai les yeux verts et toi marron. Finalement tes portraits ne sont pas si ressemblants…

— Quels portraits ? Il n'existe plus de moi ni portrait ni statue, s'écria de plus belle Cléopâtre. Mon frère les a tous fait détruire, comme pour m'effacer de la surface de la terre ! »

Zut ! Alex l'avait oublié. Elle tenta aussitôt de se rattraper :

« Les dieux qui m'envoient en ont, eux !

— Tu mens ! »

Cette fille était vraiment impossible. Alex comprenait à présent que Ptolémée veuille se débarrasser de cette pimbêche. Si elle-même avait eu une telle sœur… Mais la pimbêche reprenait avec un sourire en coin :

« Finalement, envoyée d'Isis, tu vas me servir. Puisque tu me ressembles tant, tu vas me remplacer. Et pendant que les hommes de mon frère courront après toi, je pourrai regagner la tête de mon armée.

— Je suis entièrement d'accord, répliqua Alex. Mme Berg désire que je joue ta doublure pendant que...

— Mam'bergue? répéta Cléopâtre.

— Oui, la... déesse en chef, quoi.

— Jamais entendu parler. Et pourtant j'ai été initiée à tous les cultes. Je peux intervenir auprès des dieux, car je suis moi-même une déesse pour mon peuple.

— On se demande bien pourquoi! persifla Alex entre ses dents.

— Que dis-tu? »

Pas le moment de faire une autre gaffe. La reine semblait si imbue d'elle-même qu'elle ne devait pas avoir le sens de l'humour.

« Euh... Je disais qu'il est bon que le peuple aime ses rois...

— Ses reines, susurra Cléopâtre. En Égypte, une antique tradition veut qu'un homme ne devienne pharaon qu'après avoir épousé l'héritière du trône, la "grande épouse royale". Ainsi, j'ai dû épouser mon frère pour respecter la coutume, et préserver la pureté de notre sang.

— Pourtant, tu es Grecque, Cléopâtre, tu n'as pas une goutte de sang égyptien dans les veines.

— Exactement. Mais depuis trois siècles que les Grecs ont pris le pouvoir en Égypte, ma famille se conforme à la loi égyptienne. Si mon frère se souvient tout à coup de ses origines, c'est pour m'évincer du trône, car les femmes grecques ne gouvernent pas. Mais je ne me laisserai pas faire !

— Donc, tu vas aller voir César... »

Cléopâtre sourit, et Alex, dans la pénombre de la tente, eut soudain l'impression de se regarder dans un miroir.

« Bien sûr, fit Cléopâtre en relevant fièrement le menton. Et toi, pendant ce temps, tu serviras d'appât aux tueurs de mon frère. Il se passera bien quelques jours avant qu'ils se rendent compte qu'ils n'ont pas tué la bonne ! »

Alex se sentit blêmir, la jeune reine n'avait pas l'air de plaisanter. Effectivement, cette dernière poursuivit ironiquement :

« De toute façon, tu ne risques rien, n'est-ce pas ? Les envoyés des dieux sont immortels ! »

Et, mettant brusquement un terme à leur discussion, la reine sortit de la tente en riant de sa boutade, Apollodore sur les talons. Lorsque Alex chercha à les suivre, l'homme qui gardait l'entrée l'envoya bouler à l'intérieur. Elle était prisonnière.

5

L'étrange valet de Jules César

Le lendemain, à Alexandrie.

Jules César alla s'accouder à l'avant de la galère pour admirer la tour de l'île de Pharos. Le Phare, comme on l'appelait, était l'une des sept merveilles du monde. Le feu qui brûlait à son sommet se reflétait dans d'énormes miroirs, et se voyait à cent vingt stades[1] à la ronde, indiquant aux marins les récifs qui entouraient le port.

La trirème[2] s'enfila à la cadence la plus

1. Un stade mesurait environ 190 mètres.
2. Trirème ou trière : galère à trois rangs superposés de rameurs.

lente dans l'étroite passe du Taureau avant de s'engager le long de l'Heptastade[1], la digue qui allait de l'île jusqu'à la ville. Derrière, suivait la flotte des trente navires du consul de la république de Rome.

Alexandrie, la capitale grecque de l'Égypte, s'offrait aux yeux de César dans une débauche de coupoles d'or, de palais de marbre, de statues et de jardins luxuriants. La plus grande ville du monde s'étalait devant lui, la plus belle et la plus riche aussi. Même Rome, à côté, avait l'air d'un faubourg de province!

Les savants et les philosophes venaient du monde entier consulter la Grande Bibliothèque et le Musée[2] où était rassemblé tout le savoir humain. Alexandrie avait aussi le port de commerce le plus florissant de la Méditerranée. L'Égypte, terre bénie des dieux, produisait de fabuleuses richesses : du blé, du lin, du papyrus, du verre et de l'or, beaucoup d'or... De quoi renflouer les caisses vides de César et payer ses soldats.

Mais ce dernier se rappela en un éclair

---

1. Cette digue était longue de sept stades, d'où son nom grec (un stade faisait environ 190 mètres; voir plan d'Alexandrie en fin de livre).

2. Musée ou maison des Muses. C'était l'endroit où se réunissaient les savants. La plupart, payés par le roi, y vivaient. On y trouvait des salles d'étude, des amphithéâtres et des jardins. Le Musée d'Alexandrie, de même que la Grande Bibliothèque, était alors le plus important du monde antique.

qu'il était là pour ramener Pompée à Rome, et non pour admirer les splendeurs de l'Égypte.

C'est avec une certaine inquiétude qu'il regarda la foule hostile amassée sur l'immense escalier de marbre bordant le port. Ici, on n'aimait pas les Romains, et moins encore ceux qui se trouvaient à la solde de César, le vainqueur de Pompée.

« Gaïos! » appela César.

Aussitôt, un grand jeune homme blond aux yeux d'un étrange bleu turquoise, l'air froid et impassible, s'approcha de lui.

« Va dire au capitaine de mouiller dans la rade. Que personne ne quitte les galères, je ne veux pas risquer une émeute. »

César le regarda partir. Drusus, son valet, avait mystérieusement disparu à l'escale de Rhodes voilà cinq jours, sans doute victime d'une bagarre dans un de ces coupe-gorge comme il en existe dans tous les ports. Le lendemain, par un étrange signe du destin, ce jeune Gaïos s'était présenté à Hirtius, son secrétaire. Il souhaitait se rendre en Égypte, et proposait de payer son voyage par son travail. Comme il avait l'air sérieux, on l'embaucha.

C'est ainsi qu'il avait servi à César tour à tour de barbier, de serviteur et même d'interprète. Il disait être Grec par son père et Romain par sa mère, ce qui expliquait son étrange accent.

Malgré son jeune âge, il parlait couramment, outre le grec et le latin, l'égyptien et même un peu de syrien. Bref, ce jeune Grec était un cadeau des dieux, tant il avait de qualités ! Il se révélait, de plus, d'une discrétion à toute épreuve, à tel point que le consul envisageait déjà de lui confier des missions plus délicates.

Et pour finir Gaïos était beau, ce qui ne gâtait rien. Le consul, à cinquante-trois ans, adorait s'entourer de jeunesse et de beauté. À Rome, les marchands d'esclaves avaient l'habitude de lui mettre de côté la plus belle marchandise, qu'il payait à prix d'or, quitte à s'endetter.

Le valet, de retour, alla se placer près de César pour lui glisser à l'oreille :

« Théodote, le précepteur du roi Ptolémée, vient de nous accoster. Il demande à te voir.

— De quel genre était-il, ce précepteur ?

— Du genre gros Grec trop sûr de lui... »

Une fois de plus, César s'étonna de l'air froid et distant de Gaïos. Au cours des derniers jours, il n'avait cessé de songer que le jeune homme devait posséder le don de double vue, car rien ne semblait jamais l'étonner.

« Arrange les plis de ma toge, et dis-lui de me rejoindre sur le pont. »

Le jeune homme s'empressa de rectifier l'ordonnance du vêtement. En symbole de paix, César arborait, à la place de son uniforme d'*imperator*, une toge luxueuse bordée de pourpre et blanchie à la craie.

Peu après arriva Théodote, le précepteur du roi. César le regarda avec un rien de dégoût. Le personnage était boudiné dans une longue tunique comme les aimaient les Orientaux, le visage couvert d'une courte barbe huilée, et les yeux maquillés. De plus, il paradait avec, au cou, un collier d'or des plus voyants.

Vulgaire, pensa César qui était très sensible à l'élégance. Vulgaire et trop sûr de lui, Gaïos avait raison. L'homme portait sous son bras un paquet qui dégageait une odeur de charogne en décomposition. Il salua et commença à parler :

« Ptolémée se trouve à Péluse, avec son armée. Mais il est heureux de t'apprendre que le traître Pompée...

— Le traître...? le coupa César avec ironie. N'avez-vous pas envoyé à Pompée des renforts pour l'aider à me combattre à Pharsale? »

Théodote avala péniblement sa salive.

« Pas nous, ô César, Cléopâtre. Ptolémée, lui, respecte les décisions de Rome. Je suis venu t'annoncer la mort de Pompée. »

César se sentit blêmir. Cette nouvelle ne l'arrangeait pas. Il espérait offrir à Pompée une reddition honorable. Maintenant ses partisans se regrouperaient sûrement pour venger sa mort.

« En as-tu la preuve? » demanda-t-il enfin.

Du coin de l'œil, il vit Gaïos frémir, les yeux fixés sur le paquet que le gros Grec portait.

« Voici son sceau », fit Théodote en souriant.

César reconnut aussitôt la bague. Son rival ne s'en serait séparé que par la force.

« J'ai une autre preuve », reprit le précepteur.

D'un geste théâtral, Théodote tendit son

paquet à César. Celui-ci s'en saisit avec suspicion, puis commença à le déballer.

Une mèche de cheveux... Le Romain lâcha brusquement le paquet. Une tête humaine roula sur le pont, horrible, puante. La tête de Pompée. Le souffle court, César détourna le regard, comme si la vue de ce sinistre trophée lui soulevait le cœur. Théodote se rengorgea :

« Tu vois, il est bien mort! »

Pourtant sa joie fut de courte durée. Le Romain, blanc de rage et les larmes aux yeux, se mit à vociférer :

« Ignoble vomissure de chien, comment as-tu pu traiter ainsi le grand Pompée! »

Théodote fit un pas en arrière d'un air apeuré :

« Mais César, c'était pour te plaire... Nous pensions que tu serais heureux de cette nouvelle, et que tu t'en retournerais ensuite à Rome. Ptolémée ne souhaite pas être ton ennemi...

— Ptolémée? Justement parlons-en. Pompée était bien le tuteur du jeune Ptolémée? »

Théodote déglutit péniblement. La conversation prenait une tournure qui ne lui plaisait pas.

« Naturellement, mais Pothin, Achillas et moi nous nous occuperons très bien du jeune roi. Nous le conseillerons au mieux...

— Tout cela n'est pas légal. Où est la reine?

— Quelque part dans le désert. Cette traîtresse s'est enfuie... Mais ne t'inquiète pas, nous saurons la faire rentrer dans le rang...

— Je ne m'inquiète nullement. J'ai décidé de devenir le tuteur de Ptolémée. Puisque Pompée est mort, c'est à moi que revient cette charge. »

Théodote ouvrit la bouche dans une protestation muette, comme un poisson hors de l'eau, mais César continuait :

« Je resterai à Alexandrie tant que le roi et la reine ne seront pas réconciliés. Donne l'ordre à Ptolémée de rentrer immédiatement de Péluse. Je m'installe au palais en l'attendant. Cela à l'air de t'ennuyer?

— Nullement, César, nullement, mais le quartier du palais est vide et...

— Mes trois mille deux cents fantassins et mes huit cents cavaliers gaulois me tiendront compagnie. Suis-je clair? Déguerpis avant que l'envie de te faire mettre aux fers ne me prenne!

« Gaïos! hurla-t-il encore, ramasse la tête du grand Pompée. Je veux qu'on lui rende les honneurs dus à son rang! »

César enroula soigneusement autour de son bâton le papyrus qu'il venait de lire. Il entendit le pas de son valet, et releva un instant la tête pour le regarder entrer chargé du plateau de son dîner.

« Eh bien, Gaïos, que penses-tu de tout cela? »

Le jeune homme prit le temps de poser la nourriture sur la table de travail du consul avant de lui répondre :

« Que Cléopâtre n'a peut-être pas eu tort de fuir dans le désert...

— Voilà une sage remarque. Quoique je me moque bien de la famille royale! Des dégénérés qui ne vivent que pour s'entretuer... Quand je pense que ce morveux de Ptolémée a eu l'audace de faire assassiner Pompée!

« Le plus inquiétant, reprit César après un silence, c'est que l'approvisionnement de l'Italie dépend du blé égyptien. Tant que Cléopâtre et Ptolémée mettront leur pays à feu et à sang, le blé n'y poussera plus… Mais je m'en vais leur montrer qui est le maître ! Il faudra bien qu'ils se soumettent à Rome ! »

César grappilla quelques grains de raisin qu'il commença à grignoter :

« Et puis, j'ai besoin d'argent. Je compte relever le montant de leur tribut. Que sais-tu de cette Cléopâtre ?

— Le peuple égyptien de la vallée l'adore, bien qu'elle soit de sang grec, alors que dans le Delta, on préfère Ptolémée….

— J'apprécie ta grande culture, Gaïos, le coupa César avec agacement, mais je t'ai posé une question, alors va au fait. »

Le jeune homme se sentit rougir. Le consul le traitait souvent avec amitié, et, lui, le valet, en oubliait parfois qu'il n'était qu'un serviteur.

« La reine a vingt et un ans. On la dit très instruite. Elle parle sept langues. Cléopâtre est la première souveraine lagide à avoir appris l'égyptien, les autres ne parlaient que le grec. Jusqu'à présent, elle s'est occupée de diplomatie et de commerce avec grand succès. Tout cela déplaît aux trois conseillers de Ptolémée. Ils ne supportent pas la concurrence, ils veulent le gâteau pour eux seuls.

— Trois conseillers ? s'étonna Jules César.

Hirtius m'a parlé d'un quatrième, un certain Démétrios. Il a réussi en un an à bâtir une fortune colossale. Il paraît que le roi l'a pris en amitié. »

Gaïos s'arrêta tout à coup de ranger les tablettes de son maître. Il se gratta pensivement le menton et César l'entendit dire :

« Ainsi donc, il se fait appeler Démétrios...

— Le connaîtrais-tu ?

— Non, maître, répondit-il en baissant la tête.

— Tu es parfois bien étrange, Gaïos. J'ai la sensation que tu connais l'avenir. Serais-tu prêtre dans une de ces sectes où l'on adore des dieux mi-hommes, mi-bêtes ?

— Non, maître, je ne suis pas prêtre, fit Gaïos en souriant. J'appartiens bien à une espèce de secte, mais nous n'adorons aucune idole. En fait nous ne sommes que trois en ce pays, et j'ignore même où sont les deux autres. »

César ne relança pas la discussion, il venait de se replonger dans la rédaction de ses mémoires et n'écoutait plus le jeune homme.

Gabriel sortit sans bruit. Oui, ils n'étaient que trois : lui auprès de César, Herbert au palais et... Alex quelque part dans le désert.

6

Au palais royal, complots en tous genres…

Quatre jours plus tard.

« Regarde, ô mon roi, notre ami Démétrios t'offre une nouvelle danseuse ! »

Pothin, le conseiller de Ptolémée, poussa devant lui une adolescente noire de douze à treize ans, mince comme un fil. Ptolémée, boudeur sur son trône, jeta un œil distrait sur le jeune corps à peine couvert d'un pagne doré.

« Encore une Nubienne ! râla-t-il. J'ai déjà cinq Nubiennes… »

Le roi remercia tout de même Démétrios, et descendit de son trône pour voir la fille de près. À quatorze ans, le jeune roi était un bel éphèbe : cheveux châtains bouclés, les yeux sombres, le visage mince et le nez droit, il portait avec élégance une longue tunique pourpre et un diadème de tissu blanc orné du cobra royal.

Oui, pensa Herbert-Démétrios, le roi était beau. Beau mais pas intelligent. Mais qui dans cette pièce irait s'en plaindre?

Et justement les trois conseillers se rapprochèrent de lui. Pothin d'abord, un eunuque bien gras aux lobes d'oreilles allongés sous le poids de lourdes boucles d'or. Puis Achillas, le général égyptien, petit, râblé et sec malgré un début d'embonpoint qui débordait de son pagne en cuir, et enfin le précepteur Théodote.

« Voilà quatre jours que César attend le retour du roi, attaqua Pothin. Je crains que Ptolémée ne soit pas à la hauteur…

— Il dira ce qu'on lui a appris, répliqua Théodote, et les Romains ne nous ennuieront pas longtemps.

— Bien sûr, renchérit Achillas avec assurance. De toute façon César ne pèsera pas lourd avec ses 4 000 hommes face à mes 20 000 mercenaires. Il faudrait qu'il soit fou pour tenter un combat à un contre cinq.

— Il est rusé, ne le sous-estime pas », fit à son tour Démétrios, un homme élancé aux tempes grisonnantes. « Et pour Cléopâtre, où en êtes-vous ? »

Pothin baissa le ton pour répondre :

« Elle ne pourra plus nous échapper longtemps. Il n'y a pas un village en Égypte où je n'ai placé un espion... »

Démétrios sourit de loin au roi, et répliqua entre ses dents pour les trois autres :

« Une fois Cléopâtre éliminée, Ptolémée pourra épouser son autre sœur, Arsinoé. »

Théodote ne put s'empêcher d'ajouter :

« Nous saurons nous en contenter, tant qu'elle ne se mêlera pas de nos affaires. Mais il faudra se débarrasser de Ganymède, son eunuque. Je n'ai aucune confiance en lui. »

Tout à coup les portes s'ouvrirent, et César, précédé de ses douze licteurs[1], entra d'un pas décidé. Le jeune roi regagna aussitôt son trône pour s'emparer de son sceptre

1. Officier qui marchait devant un magistrat romain en portant une hache entourée d'un faisceau de verges, et dont il exécutait les ordres. Cette garde d'honneur symbolisait la puissance de Rome.

d'un air digne. Il attendit sans un mot, dans un silence pesant, puis se fâcha tout rouge lorsqu'il comprit que le Romain n'avait pas l'intention de se prosterner devant lui.

« Qui donc t'a convoqué, César? s'écria-t-il.

— Je te remercie de ton chaleureux accueil, Ptolémée, persifla le consul. Mais si mes souvenirs sont bons, c'est moi qui t'ai convoqué. Je te rappelle que tu n'es roi que parce que Rome le tolère… »

Le jeune roi manqua s'étouffer d'indignation. Les conseillers, eux, préférèrent rester à bonne distance, comme si l'affaire ne les concernait pas.

« Mais… s'écria l'adolescent. Je respecte Rome, je t'ai même livré Pompée sur les conseils de Théodote. Il m'a dit que, Pompée mort, tu partirais d'Alexandrie et… »

César ne laissa pas le roi finir sa phrase, il se tourna vers les licteurs pour leur commander :

« Saisissez Théodote, et mettez-le aux fers, il sera jugé pour le meurtre de Pompée. »

Théodote eut beau hurler, il fut traîné hors de la pièce par deux des officiers romains tandis que les dix autres licteurs tenaient les gardes égyptiens en respect.

« Eh bien, roi, reprit ironiquement César, te voilà, grâce à moi, avec un mauvais conseiller de moins. »

Ptolémée, rouge de colère, ne trouva rien à répondre, mais César se tournait déjà vers le général Achillas :

« Je veux que tu licencies tes mercenaires.

— Sinon? ricana Achillas, sûr de la supériorité de son armée.

— Sinon les deux légions que j'attends de Syrie te feront mordre la poussière. »

Achillas, Pothin et le roi se regardèrent d'un air éperdu. Seul Démétrios ne semblait pas atterré par la nouvelle. Le regard fixe, il observait le valet du consul qui suivait la scène depuis la porte. Jules César, quant à lui, n'en finissait plus de sourire. Il porta enfin le coup de grâce :

« J'exige aussi de voir la reine. On m'a dit que tu l'avais fait chasser?

— On t'a menti, répondit le roi. Elle s'est enfuie et a levé une armée pour me renverser, Pothin te le dira... »

Pothin aurait préféré qu'on ne le mêle pas à la discussion, mais devant le désarroi du jeune roi, il s'empressa de déclarer :

« Nous ferons tout pour te la ramener,

ô César, et tu constateras par toi-même que Cléopâtre est indigne d'être reine...

— Nous verrons bien. Si le roi et la reine venaient à se réconcilier, sans doute ferais-je moi aussi un effort en n'augmentant pas votre tribut. Réfléchissez-y. »

Après avoir levé sa main tendue en guise de salut à la mode romaine, César s'en retourna vers la haute porte d'ébène incrustée d'or. Sur le seuil, il ne put s'empêcher de lancer en riant :

« Porte-toi bien, ô divin Ptolémée, et passe une bonne journée ! »

Dans le silence qui suivit, on aurait pu entendre les mouches voler, lorsque le roi explosa :

« Pour qui donc se prend ce barbare plein d'arrogance ! Qui est-il pour me donner des ordres, à moi Horus vivant, fils de Rê...

— C'est le maître de Rome ! le coupa Pothin avec agacement. Il a tous les droits. Combien de fois faudra-t-il te l'expliquer ?

— Eh bien, fit à son tour Démétrios, débarrassons-nous du nouveau maître de Rome... Les partisans de Pompée sont encore nombreux. Si César venait à mourir, ils seraient tellement occupés à se battre pour le pouvoir qu'ils ne s'intéresseraient plus à l'Égypte. Voici ce que je vous propose... »

Un calme reposant régnait dans la Grande Bibliothèque. Gabriel-Gaïos se retourna pour contempler les hauts murs de la salle aménagés de coffres de pierre emplis de cylindres de papyrus. Le bois était rare en Égypte, aussi protégeait-on les livres dans des armoires de pierre.

Près de chaque fenêtre se trouvaient des banquettes où l'on pouvait lire en paix, et des pupitres pour prendre des notes ou recopier des ouvrages. Rome s'enorgueillissait de posséder 200 000 cylindres, mais ici il y en avait 700 000 parmi les plus précieux.

Gabriel s'arrêtait de temps en temps, ouvrait un cylindre pour en tirer le papyrus qu'il déroulait religieusement.

C'était toujours un choc pour lui de contempler les feuillets collés les uns aux autres en une longue bande. Ses yeux avaient du mal à s'accoutumer à cette vieille écriture grecque sans espace entre les mots, ni ponctuation. Il fallait être remarquablement entraîné pour en comprendre le sens.

Dire que la plupart de ces merveilles allaient disparaître, perdues à jamais, dans un terrible incendie ! Peut-être même que celui qu'il tenait à la main ne serait bientôt plus que cendres...

« On dirait que tu n'as jamais vu de papyrus, fit en riant le consul dans son dos.

— Jamais d'aussi beaux, maître.

— Tu as raison, répliqua César d'un air narquois teinté de jalousie. Tout ici est plus beau qu'ailleurs, les monuments sont plus grandioses, les femmes plus élégantes, les savants plus érudits... Le moindre de leurs objets fait figure d'œuvre d'art, tant ils sont raffinés ! »

Un sourire amer tordit sa bouche.

« Mais regarde-les donc, ajouta-t-il, tous ces Grecs si fiers de leur passé, amollis par le luxe ! Nous sommes les plus puissants, et ils nous traitent de barbares ! Que les dieux préservent les Romains d'une telle décadence ! »

Voilà quatre jours qu'ils jouaient les touristes, sans escorte, comme des visiteurs ordinaires. César voulait prouver aux Alexandrins que les Romains venaient sans intentions hostiles. Dans ce but, il dépensait sans compter chez les marchands de l'agora, discutait littérature avec les savants du Musée, applaudissait les athlètes au stade, et offrait de nombreux sacrifices aux temples.

Pourtant, l'opération de séduction fonctionnait mal : les Alexandrins se méfiaient toujours, persuadés que les Romains allaient les envahir.

César savait par ses espions qu'Achillas faisait fabriquer des machines de guerre, et que l'on armait les hommes du peuple. Or, il était impensable que les Romains repartent lâchement sans avoir imposé leur loi en Égypte. César ne fuirait pas, et l'affrontement était donc inévitable.

Au palais, le moindre de ses gestes était rapporté aux conseillers. En fait, tant que ses renforts ne seraient pas arrivés, il serait aussi prisonnier à Alexandrie qu'un poisson dans un aquarium. Mais, si César était inquiet, en bon stratège il n'en laissait rien paraître.

La veille, l'aristocratie grecque et égyptienne avait défilé aux thermes tandis qu'il prenait son bain. On l'avait suivi partout, dans le bassin froid, le bassin chaud, le bain de vapeur, épiant chacun de ses gestes et observant son corps sans pudeur. Car César, à cinquante-trois ans, était particulièrement svelte et musclé, et peu d'hommes de son âge pouvaient rivaliser avec lui.

« Gaïos! fit-il tout à coup. Tu te renseigneras sur ce Démétrios. »

Gabriel se rembrunit aussitôt. La rencontre avec « Démétrios » lui avait laissé un goût amer. Torse nu dans la chaleur de l'étuve, il massait le consul lorsque l'homme s'était fait annoncer par un esclave.

« Le noble Démétrios désire te voir, ô César. »

Le Romain, allongé sur la table de massage, avait accepté d'un geste de la main, et aussitôt le grand homme aux tempes d'argent était apparu.

« Tu es donc un des conseillers du roi? »

D'ordinaire César parlait un excellent grec, pourtant il avait choisi de s'adresser à Démétrios en latin, comme s'il faisait peu de cas de son interlocuteur. Gabriel allait traduire lorsque l'autre répondit dans un latin parfait :

« Non, je suis un familier, tout au plus.

— On dit pourtant que tes biens sont immenses et que le roi t'écoute.

— La Fortune est mon amie, ô César. Comme elle est la tienne… pour le moment.

— Voudrais-tu dire que la Fortune va

m'être infidèle ? rétorqua le Romain en riant.

— Quelquefois il ne faut pas la forcer, et savoir rentrer chez soi avant de la voir tourner… »

Il s'était adressé à Jules César mais il regardait fixement Gabriel.

« Serait-ce une menace, Démétrios ? demanda César sans même soulever une paupière.

— Ce n'était qu'un conseil. Beaucoup de voyageurs ne… supportent pas le climat de ce pays. Porte-toi bien. »

Et il était reparti comme il était venu, sans bruit. Pourtant Gabriel sentait encore sur lui son regard inquisiteur. Herbert l'avait reconnu, il en était sûr, mais à quoi ? Le jeune homme avait pris soin d'ôter son bracelet dès son arrivée à Rhodes et rien, physiquement, ne pouvait le trahir.

Rien, avait-il pensé soudainement, à part une cicatrice d'appendicite pas vraiment antique. Il avait aussitôt remonté la serviette qui glissait sur ses hanches, mais trop tard, Herbert l'avait sans nul doute aperçue. Si cette cicatrice ne représentait rien pour un Égyptien de l'Antiquité, elle était par contre caractéristique pour un homme des temps modernes.

« Gaïos », souffla tout à coup César avec un soupçon d'anxiété.

Le jeune homme redescendit sur terre. Le consul, les sourcils froncés, regardait un homme qui semblait l'attendre dans l'ombre d'une travée. Depuis un moment il allait de coffre en coffre, mais sa mine tenait plus du gladiateur que de l'étudiant.

« Démétrios avait raison, fit tout bas le consul, le climat est malsain pour les étrangers. Regarde ses mains, a-t-il l'air armé ?

— Non, maître, mais mieux vaut sortir, cet homme ne m'inspire pas confiance. »

L'autre, un Égyptien plus grand que la moyenne, vêtu d'un chiton[1] marron, vint se poster devant le consul, le jaugea un instant, et dit enfin dans un latin teinté d'accent roulant :

« Salut, César. La reine veut te parler. »

Le consul sembla se détendre. Il répliqua aussitôt sur un ton cassant :

« Ce que veut la reine m'importe peu. Qu'elle rentre à Alexandrie et je déciderai de son sort.

— Ô César, ricana l'homme, tu ne connais

1. Tunique grecque courte et sans manches que portaient les gens du peuple.

pas Cléopâtre, on ne lui donne pas d'ordre. Elle te fait dire qu'elle n'est pour rien dans le meurtre de Pompée, et qu'elle est prête à négocier avec toi. »

Le Romain ne put s'empêcher de sourire. Visiblement, la reine avait plus de caractère que son époux de frère !

« Soit. Qu'elle me rejoigne au palais.

— Il lui faudra un peu de temps pour venir. Tu sais sans doute que les conseillers de Ptolémée ont lancé après elle bon nombre de tueurs. Leurs ordres sont de la faire disparaître, pour l'empêcher de te voir. Pothin a promis cent talents[1] à celui qui réussirait. »

César siffla entre ses dents, la somme était exorbitante.

« Où est la reine ? demanda-t-il.

— Qui sait ? répondit l'Égyptien en haussant les épaules. Aujourd'hui ici, demain là... Mais fais-lui confiance, elle viendra. »

L'homme s'apprêtait déjà à disparaître, lorsque César le retint :

« Attends ! Rien ne dit que tu ne mentes pas ! Je veux que l'un de mes hommes t'accompagne. »

---

1. Monnaie grecque de l'époque. 1 talent = 60 mines = 6 000 drachmes. Un ouvrier gagnait en moyenne 2 drachmes par jour.

Gabriel sauta sur l'occasion. S'il rejoignait Cléopâtre, Alex ne serait pas loin. Et, puisqu'il avait été démasqué, ils ne seraient pas trop de deux pour lutter contre Herbert-Démétrios.

« Laisse-moi y aller, maître.

— Qu'irai-je faire de ce blanc-bec? » fit en riant l'Égyptien. Pourtant César approuva :

« Au contraire, on prendra facilement Gaïos pour un jeune et riche voyageur. Et il se pourrait bien qu'il te surprenne, il possède des dons peu communs.

— S'il t'est si utile, garde-le, car il semble que Pothin ait aussi des projets pour toi. On dit que ton départ pour l'autre rive du fleuve, celle des morts, est proche. Finalement, la reine et toi avez de nombreux points communs.

— N'exagère pas. Je n'ai rien de commun avec cette gamine, à part des ennemis… »

Amyntas ébaucha un sourire. Le grand César ne savait pas encore à qui il avait affaire. La « gamine » risquait fort de l'étonner.

« Gaïos, suis-le. »

Le jeune homme hocha la tête en guise d'assentiment. Chacun observa l'autre avec attention, puis sans un mot, ils gagnèrent la sortie.

7

Prisonnière

Voilà dix jours qu'elle croupissait sous cette tente. Dix jours ! Le campement s'était déplacé à la faveur de la nuit à deux reprises, et tout ce qu'Alex avait vu des splendeurs du passé, c'était du sable, encore du sable, toujours du sable !

Où étaient-ils les temples pharaoniques, avec leurs lacs sacrés et leurs allées de sphinx ? Et les obélisques ? Où étaient-ils les palais de marbre aux portes d'or incrustées de pierres précieuses ?

« À mon retour, il faudra que je dise deux

mots à Mme Berg… Si je rentre… » râla-t-elle.

Les voyages à dos de chameau avaient été un supplice. On l'avait attachée sur sa selle, ballottée dans le désert, puis, une fois le campement remonté, on l'avait aussitôt ramenée sous la tente.

La chaleur y était insoutenable et l'odeur de vieux bouc lui empestait les narines. La poussière et le sable semblaient s'infiltrer partout, jusque dans les vêtements, jusque dans la nourriture, et lui collaient à la peau comme du papier de verre.

« Ah… Un grand Coca avec des glaçons… rêva-t-elle. Et une paille… »

Cléopâtre n'avait plus daigné lui rendre visite. Seule la jeune esclave lui apportait chaque soir de quoi manger, en la servant avec le respect dû à une reine. Mais la naïve Tyché était certainement la seule dans le camp à la prendre encore pour une envoyée des dieux !

« Faudra revoir l'organisation de vos séjours de vacances, madame Berg, fit tout haut Alex. Le luxe des pharaons, les pantoufles de Cléopâtre… C'est de la publicité mensongère ! »

Et si l'hébergement et les transports laissaient à désirer, ce n'était rien à côté de la nourriture...

Elle attrapa par la queue une espèce de sardine séchée à l'odeur écœurante, puis regarda les oignons, le pichet d'eau chambrée à quarante degrés et la petite galette cuite sous la cendre.

Le premier jour, Alex avait fait la grève de la faim en protestant violemment, le second jour elle avait bu l'eau, mais le troisième elle avait tout mangé. Depuis, elle traînait une haleine qui aurait tué une mouche à dix pas ! Et, bien sûr, pas question de toilette, ni même de brosse à dents !

« Qu'est-ce que je ne donnerais pas pour un hamburger devant une émission de télévision bien débile, n'importe quoi, tiens, même un débat politique. Bon sang, c'est incroyable, j'ai passé dix jours sans télé ! Ça ne m'était pas arrivé depuis que j'ai eu les oreillons ! »

Elle mordit du bout des lèvres dans le poisson, puis avala une grosse gorgée d'eau tiède.

« Il faut que je parte d'ici, il faut que je parte », répéta-t-elle pour la millième fois.

Elle avait mis à profit ses longues journées

de solitude pour étudier les mouvements du camp. Il n'y avait là qu'une vingtaine de personnes, pour la plupart des soldats déguisés en bergers, et quelques femmes pour servir la reine. Ils s'installaient aux abords des villages comme de simples nomades menant leur maigre troupeau, restaient quelques jours, avant de repartir.

Pourtant rien n'était laissé au hasard, Cléopâtre suivait un plan minutieusement préparé. Elle envoyait chaque jour des émissaires aux tribus bédouines qu'elle cherchait à rallier à sa cause, et recevait des rapports complets sur les mouvements de ses armées en Égypte. La reine attendait un visiteur, un nommé Amyntas. Alex le savait, car, par chance, les toiles des tentes étaient minces, et les hommes ne se privaient pas de parler. Elle avait aussitôt compris qu'il s'agissait d'un espion envoyé à César.

Mais ce qu'elle avait surtout compris, c'est que dès que Cléopâtre regagnerait Alexandrie pour rencontrer César, elle-même servirait d'appât aux tueurs de Ptolémée.

Et, par définition, les tueurs, ça ne rigole pas, ça tue…

L'expérience fabuleuse qui devait changer

sa vie se soldait par un cuisant échec. Faire un bon de vingt siècles dans le passé pour rester prisonnière sous une tente à manger des oignons, voilà qui n'était pas glorieux !

« Je ne sauverai pas le monde, se lamenta-t-elle. Et ce sera déjà beau si je sauve ma peau ! »

Elle enlevait la cendre qui recouvrait encore la galette lorsque le garde devant sa tente se leva brusquement. La sentinelle venait d'apercevoir des cavaliers et appelait les hommes en renfort. Bientôt Alex entendit distinctement le bruit des sabots de leurs chevaux.

« C'est Amyntas ! » s'écria Tyché.

Voilà l'occasion qu'Alex attendait. Avec un peu de chance, ses geôliers seraient tellement impatients d'entendre les nouvelles, qu'ils relâcheraient leur surveillance.

Effectivement, à la tombée de la nuit, ils s'étaient tous retrouvés près du feu autour de la reine et d'Amyntas, écoutant l'espion rapporter l'arrivée de César. Peu après, une seconde voix raconta l'arrestation de Théodote, le précepteur du roi. Alex entendit le rire de Cléopâtre : un de ses plus farouches ennemis venait d'être éliminé. Bientôt tout le monde se mit à rire avec elle.

Alex rassembla son courage, c'était le moment ou jamais de fuir. Elle glissa un œil au dehors, la voie était libre. Sans même en avoir conscience, elle se mit à courir vers l'orée du campement.

Au loin, elle devinait les feux du village, quelques maisons cubiques qui se distinguaient à peine dans ce paysage lunaire parsemé d'herbes sèches. Elles semblaient éloignées, mais Alex s'en moquait. Il devait bien y avoir des habitants, elle leur demanderait de l'aide.

Le sang lui battait aux tempes. Elle tenta de s'orienter une seconde de trop dans le noir, près de l'enclos des brebis. Aussitôt les bêtes s'agitèrent, donnant l'alerte. Alex entendit les hommes se lever en criant pour saisir leurs armes. Dans un instant ils lui donneraient la chasse.

Elle se remit à courir comme si elle avait le diable à ses trousses. Elle avait du mal à avancer dans l'obscurité, au milieu du sable et des caillasses. Le souffle lui manquait après ces dix jours quasiment sans nourriture ni boisson.

Au loin, les lumières du village dansaient devant ses yeux comme des lucioles autour d'un réverbère. Ses oreilles bourdonnaient et ses pieds lui semblaient de plus en plus lourds à soulever. Derrière elle les pas se rapprochaient ! Elle commençait à vaciller lorsque deux bras la plaquèrent violemment au sol.

Alex était si fatiguée qu'elle ne chercha pas à se débattre. Elle ne se faisait aucune illusion sur le sort que lui réserverait Cléopâtre. C'est presque avec résignation qu'elle attendit que l'homme sorte une arme et l'achève comme un animal.

« Où comptais-tu aller comme cela, Boissieu ? » souffla une voix ironique à son oreille.

Voilà que les hallucinations la gagnaient ! Dans quelques instants la voix allait sans doute lui dire :

« Boissieu, va chez le directeur. »

Elle souleva son nez du sable pour tenter de discerner les traits de son agresseur.

« Non. Non, je rêve. Pas toi ! Tout, mais pas toi ! » souffla-t-elle en apercevant une tignasse blonde dans le clair de lune.

L'autre se contenta de rire. En l'aidant à se relever, il lui assena le coup de grâce :

« Qu'est-ce que c'est que cette odeur ? Dis-moi, Boissieu, c'est toi qui pues l'oignon ? »

À présent, Cléopâtre tournait en rond sous sa tente.

« Pourquoi ne m'as-tu pas dit que tu étais une envoyée de César? s'écria-t-elle avec colère. Je t'aurais épargné ce traitement infamant! Veux-tu donc compromettre mes relations avec Rome? »

Alex haussa rageusement les épaules. En fait, elle n'était toujours pas remise de ses émotions. Elle se sentait à la fois soulagée et terriblement hargneuse : soulagée d'être en vie, mais hargneuse de voir que Mme Berg ne lui avait pas fait confiance.

Lorsqu'ils s'étaient relevés face à face dans la nuit, Alex avait utilisé ses dernières forces pour hurler en trépignant :

« Pourquoi toi? Pourquoi a-t-elle envoyé un pion pour me surveiller, je ne suis plus à l'école, Gabriel Je-Sais-Tout...

— Je-Sais-Presque-Tout. »

Pourtant lorsqu'il avait compris qu'Alex était à bout de force, il avait expliqué plus doucement :

« Je ne suis pas venu pour te surveiller. J'ai été recruté comme toi parce qu'Herbert ne me connaissait pas. C'est le directeur du lycée qui m'a présenté à Mme Berg. Elle cherchait un étudiant en Histoire, un jeune qui puisse attirer l'attention de Jules César. Je n'ai su que tu serais là qu'au moment de partir, je te le jure.

— Pas toi ! avait continué Alex, en larmes.

— Mais enfin, qu'est-ce qui te dérange? que je sois surveillant? Je suis pion pour payer mes études, cela n'a rien de déshonorant. Arrête de pleurnicher, bon sang ! Nous devons nous serrer les coudes si nous voulons nous en sortir ! »

Ils s'étaient exprimés en français et les gardes commençaient à s'étonner de leur curieux langage. Aussi, en quelques mots, le jeune homme la présenta-t-il comme son alliée.

La reine changea aussitôt d'attitude. On avait alors fourni à Alex de quoi se restaurer, et Tyché l'avait aidée à se laver et à s'habiller de propre. Mais peu après, l'interrogatoire reprenait de plus belle...

« Quelles sont les intentions de César?

— Tout ce que je peux te dire, répondit Gabriel, c'est qu'il est inquiet pour les importations de blé en Italie.

— S'il me fait remonter sur le trône, il aura tout le blé qu'il veut.

— Avant, il te faut regagner la capitale… en vie.

— Je partirai demain, seule avec Apollodore. Nous gagnerons Péluse, où nous nous embarquerons pour Alexandrie. Ensuite mes partisans sauront bien me faire entrer dans le quartier du palais. Il me faudra trouver un déguisement original… En mendiante, peut-être… Non, en prêtresse, ou en danseuse…

— Pourquoi pas en stripteaseuse, ricana tout bas Alex, avec plein de plumes d'autruche collées au… »

Devant le regard étonné de la reine, Gabriel flanqua à Alex un coup de coude qui la ramena aussitôt à la raison.

« Je voulais dire roulée dans un tapis, comme un paquet cadeau, se rattrapa-t-elle.

— Paquet cadeau? répéta Cléopâtre en fronçant les sourcils. Tu veux dire comme un présent dans un joli coffret? J'ai parfois du mal à te comprendre. Vous avez le même étrange accent, de quelle région de Grèce venez-vous? »

Le jeune homme se mordit les lèvres. La reine devenait trop curieuse, et Alex avait commis une faute en parlant du tapis. C'était ainsi que les choses devaient se passer, Herbert le savait aussi. Il fallait donc modifier légèrement l'Histoire et tenter de se glisser entre les mailles du filet. Il éluda la question, et proposa un autre plan :

« Non, il vaut mieux partir ensemble par la route la plus longue. Les hommes de ton frère t'attendent sur les pistes qui mènent à la mer. Il nous faut au contraire redescendre vers la vallée du Nil, puis suivre le fleuve vers le Delta. De plus, ils cherchent une femme, et non deux qui se ressemblent comme des sœurs...

— La crue est presque à son maximum, le coupa Amyntas, ça ne sera pas facile, la vallée est inondée. »

Cléopâtre hocha la tête d'un air dubitatif, réfléchit, pesant le pour et le contre, et trancha enfin :

« Gaïos a raison. Il nous suffira de louer une barque de Memphis jusqu'à Alexandrie, comme le font tous les voyageurs qui reviennent de voir les Pyramides. C'est entendu, nous prenons ton plan. Tyché viendra avec nous pour me servir, et Apollodore et Amyntas nous serviront d'escorte. »

8

Retour en Égypte

Pour le moment, ils voyageaient sans difficulté. Afin de passer inaperçus, ils avaient rejoint une longue caravane chargée de soie de Chine et d'ivoire d'Inde. C'est perdus au milieu des marchands qu'ils atteignirent les collines surplombant la vallée du Nil, le troisième jour au coucher du soleil.

Le fleuve, qui avait débordé de son lit depuis deux mois, s'étalait à leurs pieds, vaste comme une mer intérieure, miroitant sous le soleil comme de l'or en fusion.

Les canaux d'irrigation et les digues s'entrecroisaient, retenant ou dirigeant cette eau salvatrice vers des citernes ou des lacs artificiels.

Au loin les felouques aux voiles blanches, leurs flancs chargés de marchandises, remontaient ou descendaient le lit du fleuve. Des îlots colorés émergeaient çà et là, couverts de petits villages ocres et blancs, et de touffes vertes de palmiers, de figuiers et de sycomores.

« Connaissez-vous endroit plus merveilleux? fit Cléopâtre avec fierté. Il n'y a qu'ici que je sois bien, sur ma terre, avec mon peuple. »

Alex souleva un œil étonné. Jusqu'à présent Cléopâtre lui avait semblé plus intéressée par le pouvoir que par son pays. Pourtant la reine, le regard brillant d'excitation, paraissait sincère.

« Chaque année, poursuivit-elle, le dieu du fleuve, Hâpi, recouvre la vallée de son limon fertile. Mais certains disent aussi que ce sont les larmes d'Isis pleurant son époux défunt, Osiris, qui font monter les eaux du Nil. Ensuite, lorsque le niveau baisse, les paysans n'ont plus qu'à semer le blé dans la boue et attendre que Rê, le dieu du soleil, le fasse germer… »

Cléopâtre huma l'air avec délice, comme un marin qui rentre au port et prend plaisir à retrouver l'odeur de la terre ferme.

« … N'est-ce pas étonnant de voir que mon immense pays ne vit que grâce à une étroite bande de terre bordant le fleuve? Grâce aux crues, nous avons des récoltes exceptionnelles. Voilà pourquoi mon pays est le plus riche du monde. La crue a combien de coudées? demanda-t-elle à Amyntas.

— Quinze, maîtresse, répondit l'Égyptien. Mais elle montera sûrement jusqu'à seize.

— Parfait. Il me faudra faire des offrandes aux temples pour remercier les dieux. Treize coudées, c'est la famine. Quinze, la récolte est bonne, seize, c'est l'abondance. »

Ils guidèrent leurs montures entre les rochers et entamèrent la descente vers la plaine.

« Les digues sont en mauvais état, constata la reine en fronçant les sourcils, ce crétin de Ptolémée devait s'occuper de leur entretien il y a six mois. Il ne l'a pas fait, naturellement! À quoi cela servirait-il que nous ayons une crue de seize coudées si les digues ne retiennent pas l'eau pour irriger les champs? Les récoltes seront insuffisantes et les paysans ne pouront pas payer les impôts… »

Elle se tut, comme si cette conversation, tout à coup, devenait trop sérieuse. À l'horizon, on distinguait une ville les pieds dans l'eau, ainsi que la forme si caractéristique des Pyramides.

« Memphis, reprit-elle, la ville du dieu Ptah. Les premiers pharaons se faisaient enterrer ici voilà deux mille ans. Lorsque j'aurai retrouvé mon trône, je vous emmènerai voir leurs tombes… Moi, je passerai l'éternité à Alexandrie avec mes ancêtres, près d'Alexandre le Grand. Peut-être aurai-je comme lui un cercueil de verre. Mes petits-enfants viendront m'offrir des sacrifices et diront en me voyant : “Qu'est-ce qu'elle était vieille et moche, notre divine grand-mère!” »

Alex se mit à rire. Mais son rire s'étrangla lorsqu'elle se souvint que la jeune reine devait mourir tragiquement dans la fleur de l'âge.

Aussi étrange que cela puisse paraître, Alex n'avait pas tardé à tomber sous le charme de Cléopâtre. Au fur et à mesure que l'on approchait de l'Égypte, celle-ci devenait plus enjouée, gracieuse, discutant de tout et de rien avec les marchands, chacun dans sa langue.

Malgré la poussière sur son visage et ses cheveux emmêlés, Cléopâtre était une vraie sirène. Et Alex devait se forcer à se rappeler les dix jours de prison, de faim et d'humiliation que la reine lui avait fait subir, comme on se pince pour s'empêcher de rêver.

Depuis sa plus tendre enfance, elle avait l'habitude d'être obéie sans discussion. Comme tous ses familiers, Tyché, Apollodore et Amyntas vénéraient jusqu'à la trace de ses pas. Même Gabriel, d'ordinaire si maître de lui, semblait la regarder avec des yeux de merlan frit.

En fait, Alex seule osait lui tenir tête. Curieusement, ces crimes de lèse-majesté ne semblaient pas gêner longtemps la reine, qui, après l'avoir menacée des pires châtiments, riait avec elle comme si de rien n'était. Alex lui ressemblait tant, que Cléopâtre ne pouvait imaginer qu'elle ne pensât pas comme elle.

« Nous serons à Memphis demain, fit Amyntas. Cherchons pour cette nuit une petite auberge dans un village tranquille.

— Oh oui, par les dieux ! s'écria Cléopâtre. Une petite auberge avec une grande baignoire et de l'eau fraîche ! Je vais y tremper pendant des heures jusqu'à ce que je fonde comme du miel ! J'ai tant de poussière sur le corps, qu'avec on pourrait fabriquer du mortier et réparer entièrement la grande Pyramide !

— Ne te plains pas, répliqua Alex en riant de nouveau, ma mère paye des fortunes pour prendre des bains de boue, il paraît que c'est bon pour le teint. Ici, on l'a gratis !

— Il n'y a que des barbares pour avoir des idées pareilles ! Tu lui diras de ma part que seul le lait d'ânesse permet de garder la peau blanche ! »

L'auberge qu'Amyntas leur trouva était parfaite. À l'écart d'un minuscule village, on y accédait en marchant à la queue leu leu au sommet d'une digue étroite séparant deux vastes champs inondés. L'aubergiste, un petit homme replet à l'air jovial, les installa dans la chambre commune en briques de boue séchée.

Les murs avaient été peints de scènes naïves. On y voyait Isis, son bébé Harpocrate dans les bras, qui se tenait au côté de Thot, le dieu des scribes à tête d'ibis. Quelques formules pieuses étaient inscrites, demandant aux dieux de protéger les voyageurs. « Donne-nous pain et bière », disait l'une d'elles en s'adressant à Thot.

« Mon fils est un artiste, commença l'aubergiste dans un grec laborieux. Il apprend l'écriture sacrée à l'école des scribes…

— C'est très beau, ton fils est doué », répondit Cléopâtre en égyptien.

L'homme, aussitôt, lui décocha un sourire épanoui. Par ici, il était rare de rencontrer des visiteurs grecs parlant égyptien. D'ordinaire sa clientèle se composait plutôt de paysans se rendant en ville. Les seuls Grecs qu'il voyait régulièrement étaient les collecteurs d'impôts, et ces derniers ne s'abaissaient pas à parler la langue du pays. Ils ne cachaient d'ailleurs pas leur mépris pour la population locale, les « demi-nègres » comme certains les appelaient.

Ces clients-là étaient différents. Les deux filles, des sœurs à n'en pas douter, et le jeune homme qui les accompagnait, ne le toisaient pas avec cet air de supériorité qu'avaient d'ordinaire les Grecs vis-à-vis des Égyptiens. Quant aux serviteurs, ils semblaient veiller sur l'aînée des deux filles comme sur la prunelle de leurs yeux.

« As-tu beaucoup de clients? demanda Amyntas en scrutant la grande salle commune.

— Hélas non! Avec la crue – gloire à Hâpi! – les gens restent chez eux. Je n'ai qu'un marchand d'Alexandrie qui attend une caravane de Syrie. Il est très discret, il ne vous dérangera pas. »

Amyntas et Apollodore se lancèrent un regard appuyé, mais aucun d'eux ne répliqua. Tyché s'approcha pour demander d'une petite voix :

« Possèdes-tu une étuve? Ma maîtresse est très lasse et désire se rafraîchir.

— Mon auberge est modeste, s'excusa l'homme. D'habitude les clients vont se baigner au fleuve. Mais ces dames pourront se laver à la remise, ma femme ira leur puiser de l'eau.

— Ce sera parfait, fit Cléopâtre. Trouve-nous une barque pour Alexandrie, veux-tu? Nous partirons demain à l'aube. »

L'aubergiste acquiesça, puis se courba dans un salut, les mains sur les cuisses. Il venait à peine de sortir qu'un homme grand et carré, le visage taillé à coups de serpe, se dirigeait d'un pas nonchalant vers une des nattes roulées sous une fenêtre. Il y posa sa besace, puis se tourna vers les voyageurs pour leur adresser un bref salut d'un hochement de tête.

Son regard accrocha tout de suite la silhouette de Cléopâtre. Puis il eut comme un sursaut de surprise lorsqu'il découvrit derrière la première jeune fille une seconde semblable à la première.

« Bonjour, voyageurs, fit-il avec un sourire engageant. Je me nomme Paô, je suis marchand. Puis-je vous aider à vous installer? Vous venez du désert peut-être?

— Merci, répondit Amyntas, c'est très aimable, mais nous nous débrouillerons. Mes maîtres sont fatigués par la route depuis Louxor...

— Louxor? s'étonna Paô. Ne venez-vous pas du désert?

— Non, mes maîtres souhaitaient consulter les prêtres d'Amon. Nous venons de Louxor.

— Alors que l'inondation est au plus haut?

— Et pourquoi pas? s'interposa Gabriel. Y

a-t-il une loi qui interdise aux voyageurs d'aller aux temples pendant les crues? »

Paô répondit aussitôt d'un air doucereux :

« Ne te fâche pas, jeune seigneur, je ne voulais pas être indiscret. Mais avoue que voyager par cette chaleur avec des dames…

— Ma sœur et moi adorons la chaleur et les voyages en barque, le coupa Alex. D'ailleurs nous partons dès demain voir les Pyramides. »

L'explication ne sembla pas convaincre le marchand. Il poursuivit son interrogatoire avec une insistance qui devenait gênante :

« Vous parlez tous si bien l'égyptien qu'on a du mal à vous prendre pour des étrangers. D'où venez-vous en Grèce?

— Ma famille vit à Alexandrie, lâcha Cléopâtre sur un ton excédé mais sans mentir. Mes ancêtres venaient de Macédoine. Et tu m'ennuies avec tes questions », ajouta-t-elle d'un air hautain.

Pour elle, le sujet était clos. Elle se tourna vers son esclave pour lui ordonner :

« Tyché, va vérifier la propreté de l'eau pour mon bain, sors mon huile parfumée et mon maquillage. Dépêche-toi, j'ai l'air d'une souillon. »

La jeune fille plongea aussitôt dans une courbette avant de sortir.

Paô, quant à lui, jugea plus prudent de se taire. Cette Grecque, malgré ses cheveux emmêlés et son péplos[1] froissé, était sans nul doute de haute noblesse. Il n'y avait qu'à voir sa suite : une esclave de toute beauté qui devait valoir son pesant d'or sur un marché, et deux gardes du corps entraînés pour les jeux du cirque... Sans la présence de l'autre fille et du jeune homme, il aurait été certain d'avoir affaire à Cléopâtre.

Il lança à la dérobée un regard à l'aînée des Grecques. Il se souvenait d'avoir entr'aperçu la reine à Alexandrie voilà trois ans, lors d'une fête. Il se trouvait dans la foule lorsqu'elle était passée en palanquin, vêtue de son costume de prêtresse d'Hator. Elle portait la coiffure traditionnelle à grandes cornes entourant le disque solaire, et une robe serrée de tissu doré qui mettait en valeur son corps juvénile. Sur son passage, les Égyptiens du peuple s'était jetés face contre terre comme devant une déesse vivante.

---

1. Robe que portaient les femmes grecques. Elle se composait de deux rectangles de tissu, cousus sur un ou deux côtés, que l'on attachait sur les épaules grâce à des fibules, sortes d'épingles de nourrice. Les femmes, suivant les époques, portaient une ceinture à la taille ou sous la poitrine.

Mais comment trouver une ressemblance entre la jeune reine parée comme une idole et cette fille au visage chiffonné par la fatigue?

Et si Cléopâtre était descendue vers le Nil plutôt que de remonter vers Péluse? songea-t-il avec un sourire calculateur. Achillas avait promis cent talents à qui tuerait la reine. Cela faisait une belle somme! De quoi s'acheter des terres, plusieurs dizaines d'esclaves pour y travailler, et une belle maison. De quoi épouser une fille de la bourgeoisie, s'offrir quelques concubines, et avec, en prime, un ou deux eunuques sortis des meilleures écoles pour diriger le tout...

La jeune esclave revenait déjà pour se poster près de l'aînée des deux filles :

« L'eau est prête, ô divine Clé...

— Tais-toi! » fit Gabriel d'une voix étouffée en regardant aussitôt vers le marchand.

Fort heureusement, l'homme, qui fourrageait dans sa besace d'un air absorbé, ne semblait pas avoir entendu. Tyché, affolée, quêta du regard le pardon de sa maîtresse, mais Cléopâtre se contenta de dire :

« Viens, Alexandra, allons nous baigner. »

Pourtant une fois la porte passée, la reine ne put s'empêcher de lancer à son esclave :

« Tu n'as décidément pas plus de cervelle qu'un pois chiche ! Dès notre retour à Alexandrie, je te ferai mettre en vente ! »

Les yeux pleins de larmes, Tyché baissa la tête. Alex, émue par le désarroi de la jeune fille, tenta de plaider sa cause :

« Elle ne l'a pas fait exprès. Pardonne-lui…

— Ne la soutiens pas ! s'insurgea Cléopâtre. Elle mérite d'être vendue ! »

Tyché étouffa un sanglot, mais la reine continuait, sans pitié :

« C'est cela, pleure donc ! Tu as risqué notre vie une fois de plus par ta bêtise ! J'en ai assez de toi, je vais t'offrir à cet aubergiste en paiement de notre nuit. Tu feras la fille de cuisine jusqu'à la fin de tes jours !

— Cléo ! Tu ne peux pas faire ça…

— Et pourquoi donc, je te prie ? Cette fille m'exaspère, et toi aussi. Tiens, si tu la veux, prends-la, je te la donne. Moi, je n'en veux plus ! »

Alex ouvrit la bouche d'un air éberlué. L'idée qu'un être humain puisse en posséder un autre lui avait toujours semblé abominable, même si en ces temps reculés la chose était banale. Et la voilà propriétaire d'une esclave de son âge !

Elle allait refuser lorsqu'elle aperçut le sourire de soulagement de Tyché entre ses larmes.

« D'accord, je la prends », s'entendit-elle répondre presque malgré elle.

Tyché, le regard éperdu de reconnaissance, se jeta à genoux pour lui embrasser la main.

« Assez, protesta Alex avec gêne. Va plutôt chercher de quoi rendre la reine présentable. »

Cléopâtre la regarda partir avant de pousser un soupir d'exaspération.

« Tu as raison, reconnut-elle, je me suis emportée trop vite. Je te la donne, mais elle devra continuer de me servir jusqu'à Alexandrie...

— Bien sûr », approuva Alex qui envisageait déjà de rendre sa liberté à l'esclave.

Elles entrèrent dans une petite pièce encombrée d'amphores d'huile et de vin. L'auberge ne payait pas de mine, mais on n'y manquait de rien. De lourdes jarres de blé et d'orge s'entassaient dans la pénombre, sans parler des chapelets d'oignons qui décoraient les murs. Concombres, laitues et fèves donnaient une touche de couleur. De la bière, la boisson nationale, fermentait dans une cuve. L'odeur était étrange, sucrée, salée, âcre et douce à la fois.

La femme de l'aubergiste leur avait installé un baquet de bois. Une fois dévêtue, Cléopâtre alla s'y asseoir et attendit que Tyché lui verse doucement l'eau sur le corps. Elle soupira d'aise en sentant la fraîcheur du liquide sur sa peau, puis elle se tourna vers Alex tandis que Tyché commençait à la laver :

« Par les dieux, que c'est bon ! Cela vaut presque un bain de lait d'ânesse dans ma baignoire en marbre ! Dis-moi, ajouta-t-elle comme si elle parlait de la pluie et du beau temps, toi qui connais César, ai-je de quoi le séduire ? »

Elle pencha la tête en arrière pour que l'esclave lui rince les cheveux.

« Je ne le connais pas, répondit Alex. Tu veux donc séduire César ? Oh, je suis sûre que tu lui plairas... Mais ne le trouves-tu pas un peu trop vieux pour toi ? Il a presque l'âge d'être ton grand-père ! »

La reine haussa ses épaules avec grâce.

« C'est vrai qu'il n'est plus tout jeune ! déclara-t-elle en riant. Mais on raconte que c'est un bourreau des cœurs. Sais-tu comment l'appellent ses soldats? "Le séducteur chauve". C'est étrange, j'ai étudié toutes ses batailles, je connais bien le soldat, mais je ne sais pas grand-chose de l'homme, à part qu'il aime les femmes et qu'il est couvert de dettes. Or, si je ne suis pas d'une grande beauté, je suis par contre jeune et riche. Nous sommes donc faits pour nous entendre...

— Te voilà bien cynique, tout à coup. »

En effet, Cléopâtre ne plaisantait plus. Elle avait le même air si dur que le soir où elle avait décidé de livrer Alex aux tueurs, voilà treize jours.

« Je n'ai pas le choix, la liberté de l'Égypte en dépend. Si j'en fais mon amant au lieu d'en faire mon ennemi, je le convaincrai peut-être de nous épargner. Gaïos m'a appris que César attendait des renforts, de vrais soldats bien entraînés. L'armée de mon frère se compose d'un ramassis de vieux mercenaires, et la mienne de paysans et de bédouins. César pourrait conquérir l'Égypte d'un claquement de doigts... »

Cléopâtre sortit du baquet et laissa Tyché la sécher dans une grande serviette.

Dehors, la femme de l'aubergiste se mit à

chantonner. Elle surveillait sans doute son four dans la cour, car l'odeur du pain en train de cuire commençait à embaumer la maison.

« Il est dommage que César n'ait pas de fils, continua la reine. Je l'aurais épousé et nous aurions régné ensemble sur l'Égypte avec la bénédiction de Rome....

— Et ton frère et mari, qu'en aurais-tu fait? »

Cléopâtre se mit à rire à gorge déployée, comme si elle entendait la plus drôle des histoires. Elle prit le temps de s'allonger sur la serviette et répondit enfin :

« On meurt rarement de vieillesse dans ma famille. »

Effectivement, on mourrait beaucoup de mort violente chez les Lagides, et la reine n'allait pas faillir à la tradition, puisqu'elle devait assassiner ses trois frères et sœurs, avant de se suicider.

L'huile parfumée embaumait le lotus, Tyché en fit couler un peu plus sur ses mains pour en enduire le dos de la jeune femme. Alex regarda Cléopâtre s'étirer comme un chat qui ronronne, puis se soulever sur un coude pour lancer :

« Mais assez parlé de moi. Dis-moi plutôt ce qu'il y a entre toi et Gaïos...

— Entre moi et...? s'indigna aussitôt Alex en rougissant. Que vas-tu donc imaginer?

— Allons, allons, pas de cachotteries, je vois bien comment il te regarde. »

Il ne me regarde pas, pensa amèrement Alex, il me surveille! Si tu savais, Cléo, comment il gagne sa vie... Payé à contrôler les entrées et les sorties... « Boissieu, va chez le directeur! »...

« Ah, reprit Cléopâtre, si un bel éphèbe comme ton Gaïos me courait après, je te jure que je ralentirais pour qu'il m'attrape! Pas toi? »

Alex haussa les épaules d'un air exaspéré. Elle se déshabilla sans attendre et alla au baquet pour se laver. Elle entendit dans son dos le rire moqueur de Cléopâtre et ne put s'empêcher de râler entre ses dents :

« Qu'il essaye donc de me courir après, il se fatiguera avant moi! »

9

Attaque à l'auberge

Il faisait nuit noire. Par la fenêtre de l'auberge, Gabriel, depuis sa natte, regardait la lune, ronde et pleine. Plus que deux jours, et le troisième à l'aube leur mission serait finie.

Il avait encore du mal à imaginer qu'il se trouvait là, à respirer un air vieux de vingt siècles, à voir vivre un peuple dont la civilisation allait s'éteindre. Il aurait tant aimé rester éveillé vingt-quatre heures sur vingt-quatre, afin de profiter au maximum de sa chance!

Malgré le danger, il s'efforçait de graver dans sa mémoire le moindre instant, le moindre détail, la moindre odeur, afin de ne rien oublier. Les gestes les plus anodins le bouleversaient. Comme cet après-midi, cette jeune femme qui portait une cruche avec grâce sur son épaule... Et ces enfants qui jouaient en riant pieds nus avec une balle en cuir... Et encore ce chat, longues pattes, longue queue, oreilles pointues, qui dormait sur un mur, écrasé de soleil...

Alexandrie avait été un coup de poing : lumière aveuglante sur les marbres ! Il revoyait les élégantes marchant à l'ombre des portiques[1]... Et les soldats en char... Et les athlètes, au stade, courants nus sous les acclamations de la foule...

Quel choc de contempler, intacts, des sites qu'il ne connaissait qu'en ruines ! Le Nil d'un bleu de ciel, les ibis au plumage blanc, l'ocre des collines, tout lui semblait paradisiaque. On le prendrait sûrement pour un fou, s'il racontait son histoire !

Il aurait tant aimé en parler avec Alex, partager sa joie, exprimer son éblouissement.

---

1. Galerie couverte soutenue par des colonnes, qui longe ou entoure un bâtiment.

Mais elle lui avait clairement fait comprendre qu'elle ne voulait pas de sa compagnie.

Au lycée, tout le monde la prenait pour une enfant gâtée. Pourtant, malgré une attitude désinvolte et provocatrice, elle ne parvenait pas à cacher cette lueur de détresse que, lui, devinait parfois au fond de ses yeux. De si beaux yeux.

Ils étaient différents des autres, tous les deux, chacun à leur manière. Cela ne les rapprochait pas pour autant. Les rebuffades continuelles que la jeune fille lui adressait en étaient la preuve. Mais Alex aurait été sans doute plus aimable, si lui-même avait été moins froid…

Il écouta les respirations longues et régulières de ses compagnons. Tous semblaient plongés dans un profond sommeil. Tous, se rappela-t-il, sauf Amyntas et Apollodore, qui veillaient dans l'ombre à tour de rôle.

Ils avaient dîné d'une succulente oie rôtie et d'une purée de lentilles. Ils auraient certainement davantage apprécié le repas si ce marchand n'avait cessé de poser des questions. Apollodore l'avait alors remis à sa place d'une façon trop brusque pour être honnête. Si ce Paô était un espion, il devait à présent avoir des doutes sur leur identité.

Tout à coup, dans la pénombre de la chambre commune, une silhouette bougea. Gabriel vit Alex se lever et filer vers la porte qui menait au jardin. Bonne occasion pour discuter un peu, se dit-il en lui emboîtant le pas. Il la retrouva assise sous un sycomore, ses mains entourant ses genoux, face à l'eau boueuse du Nil.

« Laisse-moi tranquille ! râla-t-elle en le reconnaissant. Dois-tu me surveiller aussi la nuit ? »

Gabriel soupira. Alex était une vraie tête de mule… Mais c'était sans doute ce qui faisait son charme !

« Je suis inquiet, fit-il comme s'il n'avait pas remarqué sa mauvaise humeur. Ce Paô ne me dit rien qui vaille… Et puis, nous avons modifié les événements. Cléopâtre devait passer par Péluse avec Apollodore… Qui sait, cela aura peut-être des conséquences sur le futur… »

Pourtant Gabriel en fut pour ses frais, Alex resta muette. Dans le silence de la nuit, il n'entendit pour toute réponse que le coassement d'une grenouille insomniaque.

« Ça me révolte ! fit tout à coup Alex en français.

— Quoi donc ? » demanda-t-il, ravi de voir qu'elle lui parlait enfin.

« Grâce à nous, Cléopâtre va tomber entre les pattes de ce vieux dégoûtant de César !

— César n'est pas un vieux dégoûtant. Au contraire, c'est l'homme le plus intelligent et le plus célèbre de son temps...

— Mon œil ! Si ta sœur de vingt ans ramenait chez toi un fiancé de cinquante-trois ans, tu trouverais ça normal ?

— Là n'est pas la question...

— Elle veut se sacrifier pour sauver son pays !

— Ils vont y trouver des avantages tous les deux...

— Tu es aussi romantique qu'un fer à repasser ! s'indigna Alex.

— C'est l'Histoire, nous n'y pouvons rien. Oui, César va profiter de la jeunesse et de la fortune de Cléopâtre. Mais Cléopâtre, elle, va profiter de la puissance de César pour prendre le pouvoir.

— Il a pillé la Gaule, vendu des milliers d'esclaves gaulois pour payer ses dettes, volé les trésors des temples...

— N'importe quel général de cette époque en aurait fait autant ! Et toi, s'emporta Gabriel, tu préfères une fille qui a assassiné toute sa famille ?

— Tu as raison, soupira Alex, ils sont faits pour s'entendre... »

Elle s'interrompit en entendant un bruit de pas. Cléopâtre arrivait, cheveux défaits et pieds nus. C'est le plus naturellement du monde qu'elle vint s'asseoir entre eux.

« Quelle langue parlez-vous donc ? demanda-t-elle en s'étirant. Je connais sept langues, mais je n'ai jamais rien entendu de tel. Vous n'êtes pas de Grèce, n'est-ce pas ? En tout cas, vous parliez de César et de moi, cela je l'ai compris. »

Les deux jeunes gens ne s'y trompèrent pas. Malgré son air endormi, ce n'était pas une question polie de la part de la reine, mais un interrogatoire.

« Effectivement, fit prudemment Gabriel, nous venons de Gaule... »

Un nouveau craquement dans leur dos les fit se retourner d'une pièce, mais ce n'était que la grande silhouette d'Apollodore qui se découpait dans la pénombre, massive et rassurante.

« Où est-il ? souffla le Sicilien.

— Qui donc ?

— Ce marchand ! Il s'est levé et a gagné la porte peu après toi, maîtresse. J'étais pourtant juste derrière lui... Il se cache sûrement dans les fourrés. Gaïos, ramène la reine dans la salle et réveille Amyntas ! »

Le garde du corps sortit son poignard et commença à scruter l'obscurité. Gabriel ne perdit pas de temps, il attrapa Cléopâtre par le bras et l'entraîna. Pas assez vite, toutefois, car une ombre jaillit sur son chemin.

Paô tenait un coutelas long comme son avant-bras. Gabriel n'eut que le temps de repousser la reine avant que le marchand ne frappe. Alex se mit à crier, et presque aussitôt Amyntas surgit dans le jardin, la jeune Tyché sur ses talons.

Apollodore fondit sur l'homme qui esquiva l'attaque. À son tour, Amyntas tenta de le maîtriser, sans plus de succès. Ce Paô était une vraie anguille. Malgré sa corpulence, il se déplaçait avec une agilité de danseuse.

Son grand coutelas décrivait de larges cercles en sifflant dans l'air. Le vaincre au corps à corps paraissait impossible. Amyntas fit un bond en arrière pour échapper à la lame, puis Gabriel, qui n'eut que le temps de s'écarter.

Cléopâtre elle-même ne restait pas inactive. Alex la vit se baisser pour ramasser une pierre qu'elle lança à la tête de Paô. Cela lui fit autant d'effet qu'un taon sur le dos d'un buffle, mais Cléopâtre ne s'avoua pas battue et recommença aussitôt.

Alors Alex, en tremblant, essaya maladroitement d'en faire autant. Elle avait l'impression de vivre un mauvais film, un de ceux qu'elle méprisait d'ordinaire à la télévision. Mais ce soir, le film tournait à l'épouvante, et les acteurs s'étripaient pour de bon avec de vrais couteaux.

« Cléo, attention! » hurla-t-elle, alors que Paô se rapprochait dangereusement d'elles. Mais Cléopâtre continuait à lancer des pierres, avec une témérité qui frisait l'inconscience. L'arme la frôla sans qu'elle daigne bouger d'un pouce.

« Cléo, recule! »

Avant que quiconque ait pu faire un geste, Tyché se précipitait, et se jetait devant son ancienne maîtresse. Le coutelas la frappa en pleine poitrine.

« Tyché ! » Alex vit la servante tomber, sans que la reine ne s'écarte pour autant.

Une de ses pierres atteignit enfin Paô au front, lui arrachant un cri et le faisant vaciller. Amyntas en profita pour le saisir par le cou. Il le maintint fermement tandis que le marchand continuait à battre l'air de son arme dans des mouvements désordonnés.

« Frappe ! » cria Amyntas à Apollodore.

Le Sicilien prit son couteau par la pointe et le projeta d'une main habile. L'arme alla se ficher dans le ventre de Paô qui eut un râle, avant de s'affaisser sur lui-même.

Dans le calme retrouvé, on entendit plus que la respiration saccadée des combattants et les sanglots d'Alex.

« Tyché ! » Elle alla se pencher sur le corps de l'esclave et regarda d'un air éperdu la plaie béante, le sang qui maculait sa robe et ses yeux grands ouverts sur la mort. Son émotion était si forte qu'Alex se mit à trembler convulsivement.

« Arrête de pleurer, jeta négligemment Cléopâtre, ce n'est qu'une esclave ! Arrête donc, je te dis, je t'en achèterai une autre.

— Elle a donné sa vie pour toi, s'écria Alex entre deux sanglots, cela ne te touche donc pas ? »

Mais Cléopâtre n'en paraissait pas émue le moins du monde. Elle haussa les épaules avec dédain avant d'aller rejoindre ses gardes.

« Je crois que parfois je hais cette fille, souffla Alex. Comment peut-on être aussi insensible ? »

Gabriel vint la prendre par les épaules pour l'aider à se relever.

« Par habitude, répondit-il en la serrant contre lui. Elle côtoie la mort depuis qu'elle est en âge de marcher. Viens, Amyntas dit qu'il faut quitter l'auberge. Ce Paô avait peut-être des complices dans le coin. »

Sur le pas de la porte, le petit aubergiste, hagard, tenait à deux mains son pagne qu'il avait enfilé en toute hâte. Sa femme, à demi cachée derrière lui, observait d'un air épouvanté les deux cadavres étendus dans son jardin.

« Avez-vous une barque ? les pressa Apollodore. Nous devons partir sur l'heure. »

L'homme rentra la tête dans les épaules et répondit enfin en bégayant de peur :

« Pas… pas de barque… Seul… seulement un ra… un radeau.

— Ça nous ira très bien. »

Le Sicilien lui mit de force une poignée de drachmes dans la main.

« Je te l'achète, et tu donneras une sépulture à cette fille, fit-il en montrant le corps de Tyché. Ce n'était qu'une esclave, mais elle nous a loyalement servis. Pas un mot de tout ceci à quiconque ! Promets !

— Je pro… promets, fit enfin l'aubergiste d'un air craintif. Mais le ra… radeau ne vous mènera pas loin, je ne m'en sers que pour aller sur… l'autre rive. Et pour le mar… le marchand ? Son âme va sûrement revenir nous hanter…

— Eh bien… Si tu sens sa présence… tu n'auras qu'à jeter des fèves noires par-dessus ton épaule, c'est radical pour éloigner les revenants !

— Notre maîtresse est prête à partir, lança Amyntas, les bras chargés de leurs bagages. Dépêchons-nous.

— Aide-moi. Jetons le marchand au fleuve pour qu'on ne retrouve pas sa trace. Les bêtes vont s'en occuper. »

Le cœur au bord des lèvres, Alex regarda le Sicilien retirer le plus tranquillement du monde son poignard du ventre du mort avant de l'essuyer sur sa tunique. Puis les deux gardes traînèrent le cadavre chacun par un bras et entrèrent dans l'eau jusqu'à mi-cuisse. Le corps de Paô flotta pathétiquement sur le dos, avant de partir, entraîné par le courant.

« C'est un cauchemar! fit Alex en français tout en regardant autour d'elle d'un air éperdu. Ce ne peut pas être vrai! Tyché n'est pas morte… »

Apollodore la poussa rudement dans le dos pour la faire avancer.

« Arrête de parler dans ta langue de barbare, femme, s'écria-t-il. Prends les affaires de la reine et grimpe sur le radeau. »

Cléopâtre les attendait déjà au bord de l'eau. Attaché à un piquet, un assemblage grossier de branchages surnageait. En fait, la chose n'avait qu'un très lointain rapport avec un radeau.

« J'aimerais autant pas… » bredouilla Alex d'un air terrorisé.

Amyntas grimpa sur les branchages, ce qui fit tanguer dangereusement l'embarcation. Et cela ne s'améliora pas lorsque Cléopâtre y sauta à son tour, puis Gabriel.

« Grimpe ! cria Apollodore d'un ton menaçant en la bousculant.

— Écoute, Rambo, s'écria Alex, nous sommes trop lourds, nous allons chavirer... Nous allons tous y laisser notre peau ! »

Mais le grand Sicilien n'avait pas l'air de se laisser fléchir. Avant qu'elle ait pu faire un geste, Apollodore la saisit à bras-le-corps et la projeta sans ménagement sur les branchages. Elle se redressa comme elle put et s'agrippa à Gabriel lorsqu'elle vit Apollodore couper l'amarre et pousser le radeau vers le milieu du fleuve, avant d'y sauter à son tour.

L'eau affleurait entre les branchages. En quelques instants, ils se retrouvèrent à demi trempés. Amyntas, debout dans un équilibre incertain, tentait de guider le radeau à l'aide d'une longue perche de bois.

« Ô Isis, toi qui protèges les marins, pria tout haut l'Égyptien, mène-nous vivants dans ta main et veille sur ta fille, notre reine... »

La rive s'éloignait. Bientôt ils n'entendirent plus que le clapotis du Nil.

« Seigneur ! se lamenta Alex. Encore deux longs jours à subir ce calvaire ! Si je rentre vivante, je vais lui en parler, moi, à Mme Berg, du trône de Cléopâtre ! »

10

Le tapis de Cléopâtre

Le jour se levait sur le lac Maréotis. Au loin, au-delà du poste de douane, apparaissait le port intérieur d'Alexandrie. Les navires de commerce s'y pressaient, apportant depuis les nomes[1] du Sud blé, lin et bois que l'on revendrait ensuite dans tout le bassin méditerranéen.

Voilà un jour et demi qu'ils naviguaient. Si tout se passait bien, ce soir ils atteindraient

1. Région administrative dirigée par un nomarque. Il y en avait quarante-deux en Égypte.

le palais royal. Cléopâtre rencontrerait César, l'Histoire suivrait son cours et, demain à l'aube, Alex et Gabriel retrouveraient l'univers rassurant du XXe siècle…

Pour le moment, ils avaient triste mine, tous les cinq, avec leurs vêtements et leurs cheveux raides de boue séchée. Crasseux, les yeux cernés par la fatigue, ils se tenaient affalés au fond d'un minuscule bateau.

Le radeau avait fini par s'échouer peu après Memphis. Ils avaient dû patauger jusqu'à une digue où ils avaient attendu qu'Amyntas leur trouve une autre embarcation. Par chance, l'Égyptien revint bientôt avec une vraie barque qu'il avait volée, et le voyage continua.

Avant Héliopolis commençait le Delta, ils bifurquèrent vers le bras canopique, à l'ouest du Nil, qui les avait menés droit à la capitale.

La perche de bois d'Amyntas resta un instant en suspens hors de l'eau. À quelques mètres d'eux, des oiseaux s'envolèrent. C'étaient les premiers qu'ils voyaient depuis le lever du soleil.

« Ils volent de droite à gauche, souffla Apollodore, comme pour lui-même. Bon présage.

— Si tu le dis, soupira Alex.

— Mettrais-tu en doute la force des augures ? lui lança le Sicilien d'un ton hargneux.

— Oh non ! », s'empressa-t-elle de répondre en rentrant la tête dans les épaules. La montagne de muscles n'était pas seulement susceptible, mais aussi terriblement superstitieuse, comme la plupart des gens de son époque. Et l'homme devait cogner très fort, quand il était en colère.

« Il nous faudra remercier les dieux dès notre arrivée, reprit-il. Ils nous ont bien aidés.

— Tu as raison, approuva Cléopâtre d'un air distrait, je ferai des offrandes aux temples... Bon, récapitulons. Alexandra entrera au palais par le port des rois, afin de détourner l'attention des gardes. Pendant ce temps, Apollodore et moi, nous nous glisserons par une autre porte. »

Alex soupira, les yeux au ciel. Elle allait devoir jouer son rôle de doublure, autant dire que cela ne lui plaisait pas vraiment.

« Qu'est-ce qui m'a pris d'accepter cette mission... marmonna-t-elle pour elle-même.

— Que dis-tu ?

— Rien. Je prie, répliqua-t-elle sèchement.

— Ah? Ta déesse Mam'bergue? demanda Cléopâtre. Tiens, si nous réussissons, je promets de lui élever un autel.

— Ça lui fera sûrement plaisir! »

Amyntas bifurqua dans un petit canal avant d'atteindre le poste de douane. Les coteaux construits de riches maisons firent bientôt place à l'eau boueuse d'un marécage. Ils traversaient à présent une vraie jungle de papyrus et de roseaux percée d'une multitude d'étroits passages.

Le ciel, d'un bleu intense, se découpait au travers des ombrelles vertes que formaient les plantes à trois mètres du sol. Alex se demanda avec angoisse comment ils parviendraient à retrouver la terre ferme dans un tel labyrinthe végétal. Fort heureusement, Amyntas semblait savoir où il allait.

On apercevait de loin en loin d'étranges îlots artificiels faits de roseaux et surmontés de cabanes. Des petits canots en papyrus y étaient amarrés. Aussi incroyable que cela paraisse, des hommes vivaient ici.

Des poissons séchaient, pendus sur de longs fils. Une jeune fille trayait une chèvre, une autre tressait un panier. De petits enfants à demi nus jouaient, attachés par une corde au pied, sans doute pour éviter qu'ils ne tombent à l'eau.

« Le pays des Pasteurs... chuchota Gabriel. Les poètes en parlent...

— Le pays des voleurs, veux-tu dire ! le coupa en riant Amyntas. Les poètes l'appelaient ainsi autrefois, mais aujourd'hui ce sont les exclus qui vivent ici. Il n'y a pas meilleur endroit où se cacher. Je sais de quoi je parle, je suis né dans les marécages ! »

La longue perche de l'Égyptien délogea un couple de canards qui s'envola en protestant énergiquement. Gauche-droite, aïe ! nota Alex. Par chance, Apollodore regardait ailleurs.

« Où trouverai-je une robe ? s'inquiéta tout à coup la reine en examinant son péplos boueux. Une robe digne de moi, cela s'entend. Sinon de quoi aurai-je l'air pour rencontrer César ?

— N'aie crainte, maîtresse. Je t'emmène chez Seuthès, mon cousin. Il vit à l'entrée du canal de Canope. Nous pourrons dormir chez lui tout le jour et repartir ce soir. Il est un peu... pirate, si tu vois ce que je veux dire.

— Il attaque les bateaux de commerce?

— Heu… Oui. Ma famille exerce cette noble profession depuis la nuit des temps, s'excusa Amyntas. Seuthès a toujours chez lui quelques babioles de prix qu'il revend aux marchands de Canope. Nous y trouverons bien une robe.

— Ton cousin, demanda Gabriel, revend-il aussi des tapis?

— Des tapis? Pour quoi faire des tapis? »

« Non, je ne le ferai pas! Je suis d'accord pour faire diversion, mais pas dans ces conditions! »

La protestation indignée d'Alex ne sembla intéresser personne. Debout au milieu de la cabane de roseau de Seuthès, elle croisa les bras d'un air résolu.

« Couche-toi sur ce tapis! ordonna Apollodore avec son air d'homme des cavernes.

— Non. Tu peux toujours t'époumoner, Rambo, je ne le ferai pas. Tu ne m'impressionnes pas, et ton copain Terminator non plus », ajouta-t-elle en toisant Amyntas d'un regard noir.

Ce dernier se tourna vers la reine qui

hocha la tête. Aussitôt les deux gardes se saisirent d'Alex pour la faire allonger de force.

« Et puis, hurla-t-elle en désespoir de cause, je suis allergique à la poussière ! »

Apollodore, qui la maintenait au sol d'une poigne de fer, se mit à vociférer à son tour :

« De quoi parle-t-elle ? À propos de poussière, de... rambo et de... termitor ? Ce sont des insultes, n'est ce pas ?

— Laisse-la, expliqua Gabriel, elle est un peu dérangée, c'est de naissance. Tu sais bien que les fous sont bénis des dieux.

— Oui, mais qu'elle n'en abuse pas, de sa folie, ou je m'en vais lui remettre les idées en place ! »

Gabriel se dépêcha d'aider Amyntas à rouler Alex dans le tapis, avant qu'elle ne dise davantage de bêtises. Cependant il ne pouvait s'empêcher de se sentir coupable.

l'Histoire disait que Cléopâtre devait arriver par le port, cachée dans ce fichu tapis. Alex servirait donc d'appât à la porte donnant sur le port des rois, celle où Herbert-Démétrios attendait Cléopâtre – mais cela Gabriel ne leur avait pas dit ! –, pendant que la reine entrerait par une petite poterne.

Gabriel avait soumis ce plan à Cléopâtre, qui l'approuva aussitôt. Elle aimait cette ruse du tapis, et se frottait déjà les mains à l'idée d'une arrivée aussi théâtrale chez Jules César.

Mais autant dire qu'Alex, l'appât, trouvait cette mise en scène beaucoup moins amusante. En effet, il y avait gros à parier qu'Herbert et les conseillers seraient furieux de s'être fait berner, et qu'ils se vengeraient sur elle.

« Non, Gabriel, je t'en supplie ! hurla-t-elle en français avant que le tapis ne se referme sur elle.

— Il le faut, Alex. Sois courageuse, plus que quelques heures, et tout sera fini... », fit-il pour se justifier.

Cléopâtre s'avança, aguichante à souhait dans une robe d'un rose diaphane. Les « babioles » que Seuthès lui avait procurées auraient fait mourir d'envie la plus exigeante des femmes.

« Comment suis-je ? » demanda-t-elle d'un air faussement inquiet.

La reine n'était pas véritablement belle. Mais son allure, son regard et son sourire avaient un charme incomparable. Gabriel répliqua aussitôt :

« Si César ne tombe pas à tes genoux, c'est qu'il a vraiment un cœur de pierre !

— Oh, mais je dois seulement discuter politique avec le consul, se défendit la reine en souriant, c'est tout. »

Le regard du jeune homme ne mentait pas, il la trouvait réellement séduisante.

« Tu sais, ton amie Alexandra n'est pas mal non plus. Vous formeriez un joli couple.

— Je sais.

— Eh bien, pourquoi ne pas le lui dire ?

— Parce qu'il n'y a pas de pire sourd que celui qui ne veut pas entendre, fit-il en regardant le tapis qui gigotait. Peut-être qu'un jour... Allons, à ton tour, divine Cléopâtre. »

La reine s'allongea sans attendre, et se laissa entortiller dans une vieille natte de marin.

Elle l'avait voulue vieille, afin que le contraste soit plus saisissant encore avec sa belle robe. Et puis, qui soupçonnerait la reine Cléopâtre de se cacher sous cet infâme tas de chiffons miteux ?

« Partons, lança Apollodore en soulevant la natte avec des trésors de précaution pour la porter jusqu'à la barque. Ne crains rien, maîtresse, je prendrai bien soin de toi. »

Gabriel vérifia une fois encore que son bracelet se trouvait à son poignet, puis que le second, celui qu'il destinait à Herbert, était bien dans sa bourse. Il se pencha ensuite pour se saisir d'Alex.

« Tu vas y arriver? s'inquiéta Apollodore. C'est que cette folle est grande, elle doit être lourde... »

Le Sicilien prit le tapis des bras de Gabriel pour le jeter sans ménagement au fond du canot, à côté de la natte de Cléopâtre. Le cri étouffé qu'il entendit révolta le jeune homme :

« Doucement! Tu lui as fait mal! »

Tandis qu'Amyntas détachait l'embarcation, Apollodore expliqua d'un air supérieur :

« Ça lui fait du bien. Les femmes ont besoin d'être soumises. Et celle-là, c'est une forte tête. Alors une petite raclée de temps en temps...

— C'est comme ça que tu traites ta femme?

— Non, il n'oserait pas, fit en riant Amyntas qui dirigeait à présent la barque entre les papyrus. Apollodore a épousé une Égyptienne. Chez nous, les femmes sont les égales des hommes. Si tu les frappes, elles te rendent les coups ! »

« Un cadeau pour César. »

Gabriel, son tapis sur l'épaule, observa le garde du palais sans ciller. L'autre, armé d'une longue lance et d'un bouclier rond, le regarda aussi, mais en fronçant les sourcils.

« En pleine nuit ? Un cadeau de qui, d'abord ?

— Comment ça de qui ? De mon maître, bien sûr, le noble Kallikratès, le sous-secrétaire adjoint du directeur du *Basilikon*, le Trésor royal… »

En général, les titres ronflants avaient l'art d'impressionner les Égyptiens. L'administration, ici, était toute-puissante, et la noblesse grecque l'était tout autant.

« Le sous-secrétaire adjoint ? répéta le soldat.

— C'est cela même.

— Mais je croyais que le sous-secrétaire

adjoint était un “ami du roi”[1] nommé Léonidas? »

Pas de chance, celui-là ne se laissait pas impressionner... Gabriel posa son tapis contre le mur, et commença à expliquer, bras croisés, sans se démonter :

« Oui, mais Léonidas est passé sous-secrétaire en chef, et Kallikratès, mon maître, qui est “assimilé aux amis”, est devenu sous-secrétaire adjoint à sa place... Bon, tu me laisses entrer, oui ou non? On ne va pas rester ici toute la nuit pour savoir qui prend la place de qui au *Basilikon*?

— De toute façon, le général Achillas interdit les visites à César...

— Dis, tu crois que ça m'amuse de porter des cadeaux à ces pourris de Romains? s'énerva fort à propos Gabriel. Tu crois que je les aime, moi, les Romains? Par les dieux, j'ai autre chose à faire que discuter avec les soldats! J'ai déjà été contrôlé à deux barrages en moins d'un stade... deux, je te dis! Et puis, hé, je suis un vrai Grec moi, alors pourquoi me casser les pieds à...

1. Le roi n'était approché que par peu de gens. Une étiquette compliquée donnait plus ou moins de droits aux habitués du palais. Les courtisans, suivant leur faveur, pouvaient être « amis du roi », « assimilés aux amis », « parents du roi », « assimilés aux parents », etc.

— Bon d'accord, vas-y! le coupa enfin le garde d'un ton excédé. C'est la quatrième cour à ta gauche, au premier étage. »

Gabriel reprit son tapis à bras-le-corps et passa devant le soldat en marmonnant des commentaires désobligeants, comme l'aurait fait tout bon livreur mécontent qui se respecte.

Pourtant, il ne pouvait s'empêcher de penser que tout allait trop bien. La ville était en état de siège, les barrages fleurissaient autour du palais. Les Alexandrins, favorables au roi, avaient même armé leurs esclaves en vue d'un affrontement contre les Romains.

Or, malgré ce lourd déplacement de forces, personne ne semblait attendre Cléopâtre. Et pire, les gardes des trois postes que Gabriel avait franchis lui avaient à peine posé quelques questions. Étaient-ils devenus subitement incompétents, ou avaient-ils reçu des ordres?

Ils avaient des ordres, bien sûr... comprit-il enfin. Il fallait que Cléopâtre entrât dans le quartier du palais, et là, le piège se refermerait sur elle!

Herbert les surprendrait sans doute entre le port et les appartements de César. Dans le meilleur des cas, le savant les ferait enfermer et se mettrait en chasse de la vraie Cléopâtre. Mais dans le pire des cas ? Gabriel préféra ne pas y penser.

Il s'obligea à respirer profondément. Il fallait qu'il garde l'esprit clair pour ce qu'il avait à faire, afin de prendre les bonnes décisions le moment venu. Gabriel traversa donc la première cour.

« Ptolémée Philopator et Arsinoé, dieux frères », lut-il sur le fronton d'une porte monumentale. Ce Ptolémée-là avait assassiné sa nièce et épouse, Arsinoé III, voilà deux siècles. Et aussi, sa mère, son oncle, son frère… et quelques autres.

Le quartier du palais était une vraie ville fermée par une enceinte. Chaque souverain, depuis trois siècles, y avait ajouté ses propres édifices, palais, théâtre, bibliothèque ou temples.

Gabriel atteignit la seconde cour sans voir âme qui vive. Les conseillers avaient fait en sorte que l'on isole César au cœur même du palais. Mais, à n'en pas douter, il devait y avoir des guetteurs à chaque fenêtre…

Ses pas résonnaient sur les pavés, réguliers comme le tic-tac d'une horloge. Quelque part une fontaine gargouillait, donnant un semblant de vie dans ce dédale de pierre.

« Ptolémée Évergète[1] *et Cléopâtre, dieux frères. »* Ce Ptolémée-là avait tué son propre fils. Il l'avait coupé en morceaux pour l'envoyer à sa sœur-épouse à l'occasion de son dîner d'anniversaire... Elle n'avait pas aimé.

Alex ne gigotait plus. Gabriel se demanda si elle s'était fatiguée à force de crier ou si elle boudait en attendant qu'on la libère.

« Elle boude, c'est sûr. Alex, tu boudes? »

La pauvre ne se doutait pas du projet fou qu'il avait en tête. Mme Berg lui avait fait promettre avant son départ de ne rien dire. Heureusement, car si Alex avait su qu'il comptait capturer Herbert pour le ramener avec eux, elle serait partie en courant, encore ficelée dans son tapis!

« Ne t'inquiète pas, ma belle, plus que quelques heures avant l'aube, et nous rentrons chez nous... chuchota-t-il comme pour s'en convaincre. Nous irons chez Julien et je

---

1. Les rois lagides possédaient deux noms: leur nom de naissance et un nom mystique qu'ils se choisissaient en montant sur le trône. Cléopâtre VII se nommait Philopator, « qui aime son père ». Évergète signifiait « bienfaiteur », mais le peuple l'appelait Physcon, « le bouffi », car il était obèse.

t'inviterai à danser... Je ne vois pas pourquoi je te parle, de toute façon tu ne m'entends pas ! »

Il posa doucement son fardeau, et prit le temps de souffler en observant les lieux.

« Je ne voudrais pas être désobligeant, mais tu n'es pas légère comme une plume... »

Au fond de la troisième cour, il y avait une étrange statue du père de l'actuelle Cléopâtre, nu, couronné de vigne et une flûte à la main[1]. Tout cela n'était pas très digne pour un roi. C'est sans doute pour cette raison qu'on avait relégué sa statue ici.

Au-delà de la troisième cour, Gabriel apercevait la quatrième avec son portique aux hautes colonnes décorées de feuilles d'acanthe. Au-dessus, les fenêtres laissaient filtrer de la lumière : les hommes de César veillaient encore.

« Bon, allons-y. »

Gabriel allait repartir lorsqu'une voix s'écria dans l'obscurité du portique :

« Halte qui vive !

1. Ptolémée XII Néos Dionysos était surnommé par le peuple « Aulète » (joueur de flute), surnom péjoratif car cette profession n'était exercée que par les esclaves et les courtisanes. Il passait son temps à jouer de la musique, et se prenait pour l'incarnation vivante du dieu Dionysos. Il sombra dans la débauche et mourut de ses excès.

— Nous y voilà », chuchota Gabriel en reposant doucement le tapis.

Le jeune homme retint son souffle : le garde du port se tenait devant lui, suivi de cinq autres soldats qui n'avaient rien d'amical.

« Un cadeau pour César! » fit Apollodore.

Le jeune esclave gaulois qui gardait la porte était un de ces éphèbes blonds comme les aimait le consul. Bien qu'engourdi de sommeil, le garçon observa le visiteur avec méfiance. Il avait devant lui un grand marin grec, musculeux et hâlé, qui s'exprimait pourtant dans un excellent latin.

« Ça, un cadeau? s'étonna l'esclave d'un air méprisant en désignant la vieille natte. Tu te moques de moi? »

Apollodore, impassible, se contenta de répéter :

« C'est un cadeau pour César. Je veux le voir.

— Qu'est-ce que tu crois, triple gueux, que le premier venu peut déranger le consul en pleine nuit? Allez, file d'ici, et reviens demain! »

Mais le marin ne bougea pas d'un pouce. Le Gaulois remarqua alors que les veines de son cou de taureau se gonflaient dangereusement et, pendant un instant, il crut même que l'autre allait poser sa natte miteuse pour se jeter sur lui…

Les Romains et leurs alliés étaient haïs par bon nombre d'Alexandrins, qui sait si celui-ci ne venait pas avec l'intention de tuer César ? D'un geste malhabile, le jeune esclave sortit un poignard de sa ceinture qu'il pointa en direction du marin, à deux doigts du paquet. Là, l'autre devint carrément tout rouge.

« Enlève cette lame de devant ma natte, ou je te casse en deux… »

C'était un rugissement de lion ! L'esclave comprit en un éclair ce que devait ressentir un condamné à mort dans l'arène lorsqu'on lâche les fauves ! Il allait appeler la garde à l'aide quand apparut dans son dos la silhouette du consul.

« Que se passe-t-il ?

— Je t'apporte un cadeau, César, fit Apollodore.

— Qui te dit que je suis César ?

— Je le sais. Le consul n'est pas très

grand, sec et presque chauve, avec des yeux noirs. Tu es César.

— Prends garde, maître, lança l'esclave, il n'y a pas pire fourbe que cette race-là ! Tu connais le proverbe : "Méfie-toi des cadeaux des Grecs". »

— Je t'amène ceci, de la part de la reine », poursuivit Apollodore en posant la natte au sol.

Il dénoua les cordons qui maintenaient le paquet, puis, à genoux, il tira avec un geste théâtral sur le vieux tissu. Celui-ci se déplia en roulant et, devant les yeux stupéfaits de César, apparut une créature de rêve, fine, juvénile, et… très déshabillée !

Le consul, sous la surprise, fit un pas en arrière, tandis que la fille s'asseyait et baissait sa robe qui avait malencontreusement glissé sur ses cuisses, découvrant des jambes magnifiques. Elle s'étira avec une grâce féline et provocante, et se contenta de dire en riant :

« Par Hator, j'ai eu si chaud dans mon paquet cadeau ! »

César avait l'air complètement ébahi et Cléopâtre était aux anges. Voilà une scène que le consul n'était pas près d'oublier !

« Paquet cadeau ? répéta-t-il bêtement.

— Oui, c'est un mot que j'ai inventé. Tu voulais que je vienne, me voici. Je suis Cléopâtre.

— La reine d'Égypte! » s'étonna César en riant pour de bon de cette incroyable arrivée.

Il se pencha pour l'aider à se relever. Cléopâtre saisit sa main entre les siennes, qu'une fois debout elle sembla lâcher à regret.

De près, elle n'était pas si belle qu'il ne l'avait cru, avec son nez busqué et son menton un peu lourd. Mais ses yeux en amande étaient superbes, et son sourire divin. « Le bourreau des cœurs » qui sommeillait en César se sentit tout émoustillé : c'était là une conquête digne de lui.

« M'offriras-tu à boire? demanda la reine de sa voix de sirène. Je meurs de soif. Ensuite nous parlerons. »

Pendant qu'il mélangeait lui-même l'eau, le vin et les aromates dans un cratère[1], elle en profita pour l'observer. Par chance, César ne faisait pas son âge. Sa tunique courte laissait apparaître des bras et des jambes musclées. Évidemment, il était chauve, mais on disait que les chauves, en amour...

---

1. Grand vase à deux anses.

« Cela ne t'ennuie pas, si je passe la nuit chez toi ? poursuivit-elle. Comme tu le sais sans doute, mon frère me cherche, je suis en danger.

— Tu es sous ma protection, reine. »

Il répartit le breuvage dans deux coupes. Cléopâtre prit celle qu'il lui tendait, en souriant de toutes ses belles dents blanches.

Protection, c'est très exactement ce qu'elle espérait du consul, pensa-t-elle en attendant qu'il trempe ses lèvres dans sa propre coupe. Par précaution, Cléopâtre ne buvait jamais la première avec des étrangers, surtout si son goûteur était absent.

« Ce petit vin du lac Maréotis est excellent », fit César, amusé par sa réaction, avant d'en avaler une gorgée. « Quant à cette coupe de verre, c'est un chef-d'œuvre de délicatesse... Nous n'avons rien de si beau à Rome.

— Mon pays n'a que de bons produits, susurra la reine, et mes artisans sont les meilleurs du monde. Si tu le souhaites, je me ferai un plaisir de te faire admirer les merveilles de l'Égypte... »

Cléopâtre trempa enfin ses lèvres dans le vin, puis elle poursuivit :

« Mon pays est enchanteur en septembre...

— Nous sommes fin octobre, corrigea César.

— Début septembre, insista Cléopâtre en riant. Notre calendrier est aussi le plus précis du monde. On compte si mal le temps dans ton pays que bientôt vous fêterez les moissons en hiver !

— J'en conviens, reconnut César, mais faute de mieux, nous nous en contentons.

— Je te présenterai Sosigène, mon astronome. Ainsi Rome aura un calendrier digne de son consul…[1] Allons dans un endroit plus discret pour parler, proposa-t-elle avec un regard langoureux. Fouille-moi si tu as quelque crainte pour ta vie, je ne cache pas d'arme. »

Elle leva aussitôt les bras en une invite muette. À la lueur des torches, sa robe était transparente, César pouvait ainsi constater qu'elle ne cachait rien. C'est avec un regard ironique qu'il la vit partir d'un pas lent et chaloupé vers la pièce voisine.

À vrai dire, il ne connaissait pas une seule femme capable d'une telle scène de séduc-

1. En 45 avant J.-C., César réforma le calendrier romain qui prit le nom de « calendrier julien » en son honneur. Hormis quelques modifications effectuées en 1582, c'est celui que nous utilisons encore aujourd'hui.

tion. Ni même capable de traverser tout un pays avec une armée de tueurs à ses trousses ! Et encore moins de tromper la vigilance des gardes en entrant seule dans le camp ennemi roulée dans une natte !

« Paquet cadeau, demanda-t-il en la suivant, cela veut-il dire que tu es le cadeau ? Je ne sais pas pourquoi, mais je sens, divine Cléopâtre, que nous allons nous entendre… »

11

Évasion

« Vois par toi-même, Démétrios, fit le soldat. Un homme et un tapis, comme tu l'avais prédit. »

Herbert-Démétrios venait d'entrer dans la cellule souterraine où il avait fait conduire le prisonnier. Malgré la semi-obscurité, Gabriel vit son sourire de triomphe s'effacer pour une grimace de dépit.

« Ce n'est pas Apollodore, pauvre sot ! C'est le valet de César, vous vous êtes fait berner ! Déroule-moi ce tapis ! »

Le garde, déçu, lâcha ses armes pour dénouer les cordons. Gabriel le regarda faire en serrant les dents. Comment Alex allait-elle réagir ? Après ce qui lui parut une éternité, le tapis s'ouvrit sur la jeune fille qui gisait inanimée.

« C'est la reine ! fit le soldat d'un ton stupéfait en reculant d'un pas. C'est elle, je la reconnais !

— La reine ? » s'étonna Herbert.

Les deux hommes semblaient abasourdis par leur découverte. Gabriel, lui, était si inquiet qu'il se jeta à genoux près de la jeune fille pour tâter son pouls. Il poussa un soupir de soulagement, lorsqu'il constata qu'elle n'était qu'évanouie. Apollodore avait dû trop serrer le tapis.

« Divine Cléopâtre, appela-t-il en lui tapotant les joues, divine Cléopâtre... »

Avec un peu de chance, la pénombre aidant, Herbert s'y laisserait prendre. Alex pourrait peut-être faire illusion, le temps que la vraie Cléopâtre se mette sous la protection de César.

Mais Alex ne réagissait pas. Était-ce plus grave qu'il ne le pensait ? Le tapis était non seulement trop serré mais aussi trop épais pour qu'elle puisse respirer, constata-t-il avec effroi. Alex ne braillait pas tout à l'heure, elle étouffait, et ensuite elle ne boudait pas, elle s'était évanouie !

Il l'avait tuée avec son plan stupide ! Il lui fallait réfléchir, vite... Que faire ?

« Bouche à bouche ! » Sans attendre, il se pencha sur elle, lui pinça le nez d'une main, le menton de l'autre, pour lui insuffler de l'air... sans résultat.

« Que fait-il à la reine ? s'écria le garde en attrapant Gabriel par son chiton. Par Zeus, ce chien puant l'embrasse !

— Laisse-le, ordonna sèchement Herbert, il sait ce qu'il fait ! »

Pas tant que ça, hélas ! pensa Gabriel. Pourquoi n'avait-il jamais suivi de cours de secourisme ? Il essaya encore, et encore, et enfin la jeune fille prit une longue respiration avant de se mettre à tousser. Les larmes aux yeux, les bras serrés autour de ses côtes, elle parvint à dire d'une voix hachée :

« Tu me le paieras, Gabriel ! Je te hais ! Je te hais encore plus que cette malade de... »

Une nouvelle quinte lui coupa la parole, fort heureusement, car c'était de l'excellent français.

« Du calme, Boissieu », lui souffla-t-il à l'oreille dans l'espoir de la faire taire. Mais trop tard.

« En quoi parle-t-elle ? s'étonna le soldat.

— Et allons donc ! reprit Alex... Boissieu, fais ci, Boissieu, fais ça, Boissieu, va chez le directeur... »

Gabriel tenta de la bâillonner de la main, mais il aurait fallu qu'Herbert soit complètement obtus pour qu'il ne comprenne pas. D'ailleurs ce dernier se tourna vers le soldat pour lui ordonner :

« Sors, et patiente dehors avec les autres. Je dois parler à la reine. »

Herbert attendit que la porte se referme, puis il s'approcha d'Alex pour lui souffler en français :

« Allons, vous devriez remercier votre ami, il vient sans doute de vous sauver la vie. »

Elle se sentait vaseuse, la bouche pleine de coton et les oreilles bourdonnantes. Elle fit un gros effort pour retirer la main de Gabriel qui la gênait et parvint à répondre :

« Mon œil ! Je leur avais bien dit que j'étais allergique à la poussière... à Rambo et à... »

Elle se tut lorsqu'elle s'aperçut que la voix qui venait de parler n'était pas celle de Gabriel. Elle essaya péniblement de rassembler ses idées. C'était la voix du directeur, peut-être ? Non… Alors qui ? Elle ouvrit péniblement les yeux.

« Alex, je te présente le professeur Herbert.

— Là, c'est le bouquet… », soupira-t-elle.

Elle s'assit tant bien que mal, tandis qu'Herbert se penchait vers elle pour lui prendre le poignet.

« Joli bracelet. Mme Berg les distribue à la sortie des écoles, maintenant ? »

Il savait tout, autant jouer cartes sur table :

« Ça vous en bouche un coin, fit Alex, qu'elle ait choisi des jeunes de notre âge.

— Elle devait être sacrément désespérée pour en arriver là. A-t-elle aimé le retour de son cher Fontaine ?

— Oui, beaucoup, répliqua Gabriel d'un ton cinglant. Et sa veuve et ses enfants aussi, merci pour eux. Le même sort nous attendrait-il ?

— Je n'aime pas tuer. Mais je suis résolu à rester à cette époque, et à y faire ma vie.

— Vous bousculez le temps !

— Qu'importe ? fit Herbert en ricanant. Cela donnera une autre chance à l'humanité.

Imaginez un peu... Nous éviterons toutes les erreurs du passé! Plus de Néron, d'Attila, d'Hitler...

— Bien sûr, railla Gabriel. À la place nous aurons Démétrios, le nouveau maître du monde! D'autres agents viendront vous chercher...

— Je saurai les recevoir. Et puis, plus l'Histoire change, et plus les chances d'inventer la machine à remonter le temps s'amenuisent... Avez-vous songé qu'elle n'existe peut-être déjà plus? Qui peut vous assurer que vous repartirez? »

Herbert sentit Alex vaciller, il en profita :

« Quitte à rester ici, autant le faire dans de bonnes conditions. Je vous propose un marché. Vous, mademoiselle, vous ressemblez à la reine, le garde et moi nous y sommes trompés tout à l'heure. Nous pourrions nous arranger : vous prenez sa place, et vous me laissez gouverner en votre nom.

— Sa place? répéta Alex sans comprendre.

— Le roi ne brille pas par son intelligence, je vous l'accorde, mais vous auriez des compensations. Vous seriez une déesse vivante. Vos enfants régneraient après vous.

Quant à vous Gaïos, nous trouverions à vous employer au Musée, ou à la Bibliothèque.

— Vous oubliez que la Grande Bibliothèque va bientôt brûler…

— Ah non! s'esclaffa aussitôt Herbert, vous pensez bien que je ferai tout pour empêcher cette catastrophe! Imaginez, mon cher Gaïos, tous ces ouvrages disparus que vous allez étudier grâce à moi… Évidemment, vous pourriez mener avec votre jeune amie, en privé, la vie que vous voulez.

— Ce n'est pas mon ami, s'emporta Alex, et je n'ai rien à faire avec lui! »

Gabriel vit Herbert ébaucher un sourire, ce n'était pas bon signe. Alex, encore choquée par son évanouissement, se laissait gagner par ses émotions. Herbert essaierait certainement d'en tirer parti.

« Et la vraie Cléopâtre? demanda Gabriel.

— Je suppose que vous avez fait en sorte qu'elle arrive par une autre porte?

— En ce moment même, elle doit être sous la protection de Jules César.

— Évidemment, cela n'arrange pas mes projets. Mais je ne manquerai pas d'occasions de me débarrasser de l'un et de l'autre. La "guerre d'Alexandrie", comme on l'appellera plus tard, va éclater sous peu, vous le savez comme moi... Cette fois-ci, César ne la gagnera pas ! »

Il les regarda ironiquement tour à tour. Herbert n'avait aucun doute quant à sa réussite.

« Je vous laisse la nuit pour réfléchir, ajouta-t-il. Je suis au regret de vous quitter, mais le roi, dans sa grande bonté, vient de me nommer “assimilé aux parents du roi” et prêtre du culte de Ptolémée Néos Dionysos, son divin père. »

Il leur montra d'un geste théâtral la grosse broche en or incrustée de pierres précieuses qui indiquait son rang à la cour. Elle donnait le droit d'assister aux festins du roi. La plupart des Alexandrins auraient tué pour avoir ce privilège !

« Oh ! reprit-il en riant, je ne suis qu'un petit prêtre dans une chapelle souterraine. Je suis de garde au temple de Sérapis ce soir. Je reviendrai donc demain à l'aube afin de connaître votre réponse. Ne perdez pas votre temps à crier ou à tenter de fuir, l'endroit est désert, isolé... et construit pour durer... éternellement ! En attendant, donnez-moi vos bracelets. »

Il était inutile de résister, aussi ils les ôtèrent de mauvaise grâce et les tendirent à Herbert. Puis ce dernier sortit. Gabriel et Alex entendirent le bruit des pas des soldats décroître dans le couloir, jusqu'à ce que règne un lourd silence. Ensuite ils restèrent plusieurs minutes, comme prostrés, sans prononcer un mot. Gabriel, enfin, déclara d'une voix ferme :

« Il nous reste quelques heures pour nous évader et récupérer nos bracelets.

— Tu connais un truc pour traverser les murs, Je-Sais-Tout ? » demanda amèrement Alex.

Elle lui montra d'un large geste la petite cave vide et sombre, et la porte basse en gros bois brut qu'un éléphant n'aurait pas défoncée.

« Tout cela c'est ta faute, beugla-t-elle d'un ton hargneux, nous aurions pu tranquillement attendre d'être transférés. Non, il a fallu que nous suivions ton plan idiot !

— Nous devions détourner l'attention…

— Seigneur ! se lamenta-t-elle, je dois être maudite. Dire que j'étais venue sauver le monde ! J'ai passé dix jours en prison, trois à dos de chameau, deux en barque. J'ai assisté à des assassinats, sans parler du tapis... et me voilà de nouveau enfermée! »

Gabriel la laissa délirer. Il saisit la petite lampe à huile qu'Herbert avait laissée et parcourut les murs à la recherche d'un détail quelconque.

« Le luxe des pharaons... Le trône de...

— Arrête de geindre! Nous avons de la chance, ils nous ont conduits à la limite de Nécropolis, la ville des Morts, mais à l'intérieur des murs de la cité, à côté du temple de Sérapis...

— De la chance? Évidemment, môsieur Je-Sais-Tout, il est content d'être ici, lui. En bon étudiant, il prend des notes, môsieur Je-Sais-Tout. On te ferait monter à l'échafaud, que tu demanderais encore des explications au bourreau sur la façon d'aiguiser les haches!

— Cela a l'air d'aller mieux, dis-moi, tu as retrouvé ta langue de vipère! Pour ta gouverne, nous nous trouvons dans un hypogée[1]. Ce type de cave sert d'ordinaire à stocker les offrandes. On n'entend plus de

1. Vaste tombe souterraine. À Alexandrie, certains hypogées possédaient plus de vingt pièces sur plusieurs étages et rassemblaient jusqu'à trois cents corps. Les familles venaient régulièrement y honorer leurs morts lors de cérémonies. On utilisait ces hypogées parfois pendant plusieurs siècles.

bruit, ils sont sûrement tous partis, et la tombe n'était pas gardée lorsque nous sommes arrivés. Alors aide-moi, plutôt que de dire des bêtises... Donne-moi ta fibule. »

Alex se mordit les lèvres. Gabriel avait raison, ce n'était pas le moment d'étaler sa mauvaise humeur, il fallait tenter quelque chose.

« Et avec quoi il va tenir, mon péplos? ronchonna-t-elle par habitude.

— Ne t'inquiète pas, les tueurs d'Herbert ne feront sûrement pas attention à ton élégance. »

Elle haussa les épaules avec dédain, mais dégrafa tout de même sa fibule, une jolie épingle en fer décorée de fleurs émaillées, que lui avait donnée Seuthès. Elle se leva, une épaule dénudée, pour la tendre à Gabriel.

« Qu'as-tu trouvé? demanda-t-elle en le regardant cogner du poing sur la paroi.

— La cave est creusée dans le roc, sauf le mur où se trouve la porte, qui est en briques. Le mortier à cet endroit a l'air friable. Avec un peu de chance, j'arriverai à desceller quelques briques et nous passerons dans le couloir...

— Dans trois ou quatre jours? persiflat-elle. Tu as puisé cette idée géniale dans ton manuel des Castors Juniors?

— Non, il y en a pour une ou deux heures, si tu m'aides! répliqua-t-il sur un ton acerbe. Je m'y connais, j'ai travaillé comme maçon sur un chantier... Tiens la lampe, que j'y voie clair. »

Et sans attendre, il se mit à gratter le mortier avec la fibule.

« Finalement, fit Alex, je vais peut-être accepter l'offre d'Herbert. Après tout, ce ne serait pas si mal... d'être reine d'Égypte. »

Gabriel releva la tête pour lui rire au nez.

« Je te rappelle que Cléopâtre a encore deux frères et une sœur. De vrais petits anges... Crois-tu vraiment qu'ils te laisseront régner à leur place? Que préfères-tu pour ton assassinat, le fer ou le poison? »

Il s'essuya le front du revers de la main. Puis il contempla ses doigts râpés et ce qui restait de la fibule, un pauvre bout de métal tordu. Quel dommage, une si jolie fibule qui aurait fait la joie de bien des musées archéologiques! Il s'adossa au mur et poursuivit, pince-sans-rire :

« Si j'étais toi, je les ferais assassiner tout de suite... Le petit dernier n'a que dix ans, il ne se débattra pas trop. Mais si tu le laisses vivre un an de plus, c'est lui qui aura ta peau... Et puis, prit-il plaisir à ajouter, tu n'aurais pas intérêt à tomber malade, la médecine a des progrès à faire. L'hygiène n'est pas mal, mais on n'a pas encore inventé le shampooing, ni l'électricité, ni...

— Ni le yoyo, ni le trombone à coulisse, je sais.

— Pour le yoyo, tu as tort, il existe déjà. »

Alex haussa les épaules d'un air vexé, tandis qu'il se remettait à gratter avec une minutieuse patience. À présent la fibule s'enfonçait de toute sa longueur dans le mur. Gabriel s'arrêtait de temps en temps pour souffler sur le mortier désagrégé, puis reprenait son travail.

« Voilà, dit-il enfin, pousse-toi. »

Il se recula, prit une profonde inspiration et frappa le mur du pied. Le premier coup ne fit rien, le second effrita quelques briques, mais heureusement, au troisième, le pied de Gabriel traversa la paroi. Il passa aussitôt le bras à l'extérieur et réussit à atteindre, du bout des doigts, le verrou qui fermait la porte.

« Tu es aussi champion de karaté ? demanda la jeune fille, impressionnée malgré elle.

— Non, je fais le ménage dans une école d'arts martiaux, le mercredi soir. À force de les regarder s'entraîner, j'ai appris quelques trucs…

— Tu fais le ménage ! »

Il y avait de la raillerie dans le ton d'Alex, et, tout à coup, Gabriel avait du mal à le supporter :

« Oui, fit-il hargneusement. Il n'y a pas de sot métier. Je n'ai pas la chance d'avoir des parents assez riches pour me payer mes études, moi. Allons-y ! »

Il se saisit de la lampe, en protégea la flamme de la main, et s'engagea dans le couloir.

Pourquoi avait-il pris la mouche ? se demanda la jeune fille en le suivant. Elle n'avait pas pour habitude de dire du mal des travailleurs manuels.

« Écoute, je ne voulais pas te vexer, tenta-t-elle d'expliquer, mais je t'imaginais plutôt faisant des conférences dans les musées… ou d'autres trucs aussi ennuyeux…

— Je fais aussi des conférences pour les jeunes dans les musées », fit-il, exaspéré.

Leurs voix résonnaient dans l'obscurité. Le

couloir était bas de plafond et une étrange odeur d'épices et de résine flottait dans l'air.

« Bon sang! fit Alex. On dirait...

— Une tombe », jeta sobrement Gabriel.

Ils venaient de pénétrer dans une grande salle. Dans le halo de la petite lampe, Alex distingua trois énormes sarcophages de granit.

« Une vraie tombe, avec de vrais morts...? demanda-t-elle d'une voix peu assurée.

— Évidemment, une vraie tombe. »

Il se saisit d'une torche fichée dans le mur à l'entrée du couloir, l'alluma à la flamme de la petite lampe et s'avança au centre de la pièce. C'était, constata-t-il, une merveille d'architecture. Les colonnes carrées qui soutenaient le plafond étaient peintes de guirlandes de fleurs et d'oiseaux, afin que les morts, au cœur même de leur tombeau, puissent profiter des splendeurs de la nature.

« Regarde, fit Gabriel en levant la torche vers une grande fresque avec un sourire comblé. C'est étonnant, les dieux égyptiens sont représentés habillés à la grecque... Cela dénote déjà l'influence de la colonisation... C'est le jugement des morts. Voici Anubis, le dieu à tête de chacal. Voici la balance où l'on pèse le cœur du défunt. Il faut qu'il soit aussi léger que la plume de Mâat, la déesse de la Vérité. Thot, le dieu à tête d'ibis, note les résultats pendant que la "dévoreuse", cette bête monstrueuse, attend le verdict... Il doit y avoir une salle à côté, ajouta-t-il, ravi. Avec des sièges, des tables, des lits, des statues de serviteurs pour servir les morts dans l'au-delà...

— Dépêche-toi! Partons d'ici, tu feras du tourisme une autre fois.

— Aurais-tu peur? jeta Gabriel d'un air narquois.

— Bien sûr que non! »

Le ton était ferme, mais la voix chevrotante. Dans la pénombre, il la vit hausser crânement les épaules, mais elle ne tarda pas à s'avancer vers lui pour ajouter :

« D'accord, je suis inquiète... parce qu'Herbert se promène quelque part avec mon bracelet et que je voudrais bien rentrer à la maison. Sans compter que ses petits copains peuvent changer d'idée et revenir d'une minute à l'autre...

— Tu as raison, ne perdons pas de temps. »

Il s'éloignait à regret vers la sortie lorsqu'il sentit Alex qui s'accrochait à lui. Elle avait peur, quoi qu'elle en dise. Comme la plupart des gens, elle ne supportait pas la compagnie des morts. Gabriel lui prit la main et entremêla ses doigts aux siens dans un geste rassurant. Pour une fois, Alex ne protesta pas.

Les murs de la pièce suivante étaient creusés d'une vingtaine de profondes niches dans les murs. Certaines avaient été bouchées par des dalles. Gabriel s'arrêta un instant pour lire :

« Ci-gît l'intendant Ouser. Je servis loyalement mon maître qui m'a affranchi. »

« Qu'est-ce que c'est? demanda Alex.

— Des *loculi*, des tombes pour les parents éloignés et les serviteurs. On mettait dans chaque *loculus* trois ou quatre personnes. Regarde celui-ci : "*Ci-gît Takha, aimée de son époux*"... »

Au pied du *loculus*, rangés le long du mur, se trouvaient des objets familiers rappelant aux pensionnaires des lieux leur vie terrestre : outils de jardinier, jouets, nécessaires de toilette, armes ou instruments de musique.

Gabriel remarqua qu'une des dalles avait été descellée. Par l'ouverture, il entrevoyait le pied d'un modeste sarcophage en carton peint. Il était sûr, lorsqu'on l'avait traîné jusqu'à la petite cave tout à l'heure, que la tombe était encore intacte.

C'était sans nul doute l'œuvre des hommes d'Herbert. Ils devaient avoir dans l'idée de tuer la reine dans cet hypogée désert, et de cacher son corps dans le *loculus*. Il pouvait se passer des années avant qu'on ouvre la tombe pour y ensevelir quelqu'un d'autre... Qu'Alex remarque la momie, et elle allait tourner de l'œil !

« Viens », fit-il en l'entraînant.

Ils débouchèrent dans un vestibule meublé d'un grand autel gravé de hiéroglyphes. Les prêtres y avaient célébré une cérémonie récemment, car on y voyait, autour d'une vasque encore pleine de cendres d'encens, de nombreuses figurines de dieux et de riches offrandes.

Les murs peints représentaient les défunts dans des scènes de la vie terrestre. L'une d'elles, d'un grand réalisme, montrait un homme sur le pont d'une galère. On apercevait le Phare, et l'onde était parsemée de dauphins bondissants. Gabriel s'approcha pour lire :

« *"Ptah-Pasis demeure ici pour l'éternité, entouré des siens. Il commanda la flotte du divin Ptolémée Alexandre"*... Bon sang, s'écria Gabriel, cet hypogée n'est répertorié nulle part ! Si je pouvais seulement me souvenir de son emplacement pour y revenir dans le futur…

— Je te rappelle qu'il n'y aura pas de futur si nous ne nous dépêchons pas de récupérer nos bracelets », répliqua Alex en le tirant vers la sortie.

De part et d'autre de la porte d'entrée se trouvaient deux immenses statues d'Anubis tenant une lance. C'est avec une certaine méfiance qu'Alex passa devant, en les regardant comme si elle avait peur que l'un d'eux, au passage, ne lui barre le chemin.

Ils se trouvaient presque au pied des remparts, au milieu de jardins potagers et d'arbres fruitiers qui ondulaient sous une douce brise. La maison du gardien de l'hypogée baignait dans l'ombre. La lampe qui, d'ordinaire, restait allumée pour indiquer l'entrée du tombeau avait été éteinte.

« Herbert a certainement payé le gardien pour qu'il parte faire un tour, constata Gabriel. Tu vois ce grand édifice entouré d'un mur ? ajouta-t-il en se tournant vers la ville. C'est le temple de Sérapis. »

12

Le temple de Sérapis

Le soleil n'était pas encore levé, mais le vieux quartier de Rhakotis bruissait déjà de vie.

Alexandre le Grand avait voulu que sa ville, Alexandrie, ait de longues avenues, larges et pavées, où des attelages de chevaux pourraient se croiser sans peine. Il avait multiplié les jardins luxuriants et les palais de marbre, les agoras aux portiques ombragés et les stades peuplés de statues... Et pourtant, à l'intérieur même de la cité grecque, restait encore cette relique du passé : Rhakotis l'Égyptienne, avec ses ruelles tortueuses et ses petites maisons en briques.

Ici peu de Grecs, surtout des Égyptiens. Les habitants vivaient là, comme du temps des pharaons, dans un mélange accueillant et coloré d'échoppes d'artisans et de maisons de bière. Cela sentait bon les épices et les pâtisseries au miel. Il n'y avait pas dans le monde, disait-on, de gens plus gais et plus hospitaliers que les Alexandrins.

Mais aujourd'hui, comme partout ailleurs dans la ville, les habitants de Rhakotis se préparaient à la guerre. Depuis quelques jours, les hommes du général Achillas haranguaient les foules et distribuaient glaives, boucliers et casques. Sur les murs fleurissaient les graffiti : « À mort les Romains » ou « À bas Cléopâtre ».

Au pied même du temple de Sérapis, certains profitaient de la fraîcheur de l'aube pour s'entraîner au combat avant de partir travailler. Quelques pères de famille, tenant maladroitement leurs épées, tentaient tant bien que mal de suivre les explications des soldats.

Une poignée d'enfants s'étaient assis par terre et observaient, souvent avec des rires moqueurs, les progrès malhabiles de leurs aînés.

« Hé, Toi ! fit un soldat à Gabriel. Pourquoi n'as-tu pas d'armes ? Ne veux-tu pas défendre ta ville contre l'envahisseur romain ?

— Je suis déjà enrôlé dans un autre quartier, répliqua aussitôt Gabriel.

— Mais dis-moi... fit tout à coup l'homme en observant Alex. Par les poils de la barbe de Sérapis ! On dirait la reine... »

Alex regarda autour d'elle d'un air éperdu : que le soldat le crie sur les toits, et il allait provoquer un attroupement dont elle ferait les frais.

« Ne m'en parle pas ! plaisanta Gabriel pour donner le change. Ce n'est que ma femme. Tu penses bien que si c'était la reine, je l'aurais déjà dénoncée pour toucher la prime ! »

Gabriel avait répondu avec naturel, sans se troubler. Il repoussa Alex derrière lui, comme pour se donner le beau rôle, et il poursuivit :

« Avec son fichu visage, on n'a que des problèmes. C'est pour cela qu'elle ne sort que la nuit. J'ai bien pensé à lui mettre un sac sur la tête, mais elle refuse. Tu sais comment sont les femmes... Ça se fait des frisettes, ça se maquille, et ensuite ça veut se faire admirer à l'hippodrome ou au théâtre. »

L'autre approuva de la tête d'un air entendu. Son épouse était sûrement taillée sur ce modèle.

« J'ai été garde du roi, se rengorgea le soldat. J'ai rencontré la reine plus d'une fois. Une telle ressemblance, c'est incroyable.

— Pas si incroyable que ça. Sa grand-mère était servante du divin Ptolémée Lathyros[1], le grand-père de nos rois. C'était un chaud lapin, le Lathyros, si tu vois ce que je veux dire... »

Gabriel s'en sortait à merveille. Alex, les yeux modestement baissés, entendit avec soulagement le soldat éclater d'un gros rire grivois.

« Alors, fit-il, ta femme a du sang de dieu... »

Par chance, l'homme n'insista pas. Un de ses élèves, son casque trop grand rabaissé sur le nez, venait de s'étaler de tout son long dans la poussière. Les enfants se tordaient de rire en le montrant du doigt, mais le soldat, lui, vociféra :

« Qu'est-ce qui m'a fichu des empotés pareils ! Debout, babouin manchot, lion édenté !

1. Ptolémée IX Sôter (Sauveur). On le surnommait Lathyros (pois chiche).

Et vous, les morveux, vous vous amuserez moins quand les Romains vous emmèneront en esclavage ! »

Alex et Gabriel en profitèrent pour s'éclipser. Une fois à l'abri des regards, Alex ne put s'empêcher de s'esclaffer :

« Tu sais que tu m'épates ! Tu fais aussi le ménage dans un cours de théâtre ?

— Non, c'est ma sœur. Elle joue dans une troupe d'amateurs. J'aime bien l'aider à répéter. »

Dire qu'elle le voyait chaque jour depuis six mois, se dit-elle, et elle ne savait rien de lui.

« Tu as une sœur ?

— Trois. Et deux frères. C'est moi l'aîné.

— J'ai toujours rêvé d'avoir des frères et sœurs.

— Moi, quand ils me cassent les pieds, je rêve plutôt d'être fils unique ! Comme quoi, on n'est jamais content de son sort... Viens, ajouta-t-il en reprenant sa main, le temple est par là. Il faut réfléchir à la façon d'y entrer. »

Le temple se dressait devant eux, sur une haute colline artificielle. Les commerçants s'installaient déjà, déballant avec soin de petites statuettes représentant des divinités, des porte-bonheur, ou encore de modestes lampes à huile ou des *ostraca*[1]. Les fidèles les plus pauvres y feraient inscrire leurs noms et leurs remerciements avant de les offrir aux dieux.

Passée l'enceinte sacrée du temple, ils pénétrèrent sur une esplanade. Les logis des prêtres, les bibliothèques et les salles d'étude se trouvaient au pourtour, bordé de portiques aux larges arches. Sous le feuillage des arbres, on devinait des bancs de pierre et des fontaines. Des pèlerins y commençaient leur toilette, afin d'arriver le corps pur devant les divinités.

Au centre de la cour était construit le temple proprement dit, un magnifique bâtiment au fronton triangulaire grec, soutenu par quatre immenses colonnes peintes et sculptées à la mode égyptienne. Devant l'entrée se dressait l'autel, un imposant bloc de marbre aux flancs ornés de bas-reliefs. Quelques marches permettaient aux prêtres d'accéder

---

1. Un *ostracon*, des *ostraca* : tessons de terre cuite ou morceaux de vases cassés que les enfants utilisaient comme « brouillon » pour apprendre à écrire. Ils servaient aussi aux artistes à faire des esquisses car le papyrus coûtait cher. Dans la Grèce antique, les citoyens inscrivaient sur les *ostraca*, lors de votes, le nom des hommes qu'ils voulaient voir bannir de leur cité.

au sommet où l'on brûlait les animaux sacrifiés, tandis que les fidèles priaient autour.

« Splendide, n'est-ce pas ? souffla Gabriel les yeux étincelants. Attends de voir l'intérieur ! De l'or, de l'argent, du bronze, du marbre... Et il y en a autant dessus que dessous. La colline est truffée de souterrains et de chapelles. »

Ils passèrent les colonnes et pénétrèrent dans le vestibule. Une vingtaine d'hommes et de femmes y étaient assis ou couchés par terre.

« Des malades, chuchota Gabriel. Sérapis est un puissant guérisseur. Ils espèrent, en dormant dans le temple, que le dieu leur indiquera dans leurs rêves comment recouvrer la santé.

— Comment allons-nous trouver Herbert ?

— Facile. Il nous a dit qu'il était prêtre de Ptolémée Néos Dionysos. Il n'y a qu'à chercher sa chapelle. Après... on improvisera. »

Ils s'avancèrent à pas lents dans la salle. De hautes et fines colonnes soutenaient le plafond. Les murs étaient décorés de plaques d'or et d'argent, et le sol pavé de mosaïques aux figures géométriques. Entre les colonnes pendaient de grosses lampes à huile possédant près de dix mèches chacune. Dire que cette merveille allait être détruite dans quatre siècles par les chrétiens, au nom de leur Dieu de tolérance !

« Que désirez-vous, jeunes gens ? fit un vieux prêtre en sortant de l'ombre. Il est trop tôt, le service divin n'est pas commencé. »

Il s'appuyait sur une canne, et les années avaient plissé la peau de son crâne rasé comme une vieille pomme.

« Nous venons juste prier, répondit humblement Gabriel comme l'aurait fait un fidèle. Nous arrivons de loin, et nous avons besoin du secours des dieux.

— Quelles divinités souhaitez-vous honorer?

— Qui nous conseilles-tu ? demanda Gabriel en cherchant une excuse. Ma femme est... malade. Elle ne peut pas avoir d'enfant. En Grèce d'où nous venons, on dit tant de bien des dieux d'Égypte.... Nous ferons dès aujourd'hui les offrandes et les sacrifices qui conviennent, naturellement. »

Le prêtre hocha la tête d'un air compréhensif :

« Le grand Sérapis pourrait vous aider... Isis aussi est très adroite pour les maladies des femmes... Quant à Harpocrate, son fils...

— On nous a beaucoup parlé du divin Ptolémée Néos Dionysos, le coupa Gabriel avant que le vieux ne leur donne les spécialités de tous les dieux du ciel égyptien.

— Non, fit le prêtre sur un ton catégorique. Le divin Ptolémée n'est pas efficace pour les problèmes de femme... As-tu essayé de boire l'eau du Nil, ma petite ? C'est un excellent remède contre la stérilité... Sinon, nous avons ici de très bons devins, et de puissants mages pour lutter contre les envoûtements... Le mieux serait que tu décrives ta maladie sur un *ostracon* que tu donneras à un devin. Il te rendra la réponse de Sérapis après avoir consulté le dieu...

— Mon époux a raison, s'interposa Alex avec un sourire, nous allons prier Ptolémée Néos Dionysos jusqu'à ce que le service divin commence. Et nous consulterons les devins dans la journée. Où est sa statue ?

— Comme vous voulez, fit le prêtre à regret. Il y a une de ses statues près du naos[1] de Sérapis, si cela peut vous aider. »

Ils saluèrent le vieil homme et se dirigèrent en silence vers le fond de la salle. De

1. Salle centrale d'un temple grec qui servait à habriter la statue du dieu.

hautes statues s'y trouvaient de part et d'autre de la porte de la demeure du dieu. Une Isis étonnement grecque, portant une couronne de fleurs, voisinait avec Harpocrate, son fils, représenté comme le voulait la tradition sous l'apparence d'un enfant portant son index à sa bouche. Il y avait aussi la grande reine Arsinoé II en déesse Aphrodite, Dionysos, et enfin le père de Cléopâtre.

Tout ce décor était étonnant. Ce n'était ni égyptien, ni grec, mais un savant mélange des deux. Le colonisateur et le colonisé s'étaient alliés pour donner vie à une nouvelle forme d'art et de religion.

Tout à coup la lourde porte du naos s'ouvrit lentement à deux battants. Aussi étrange que cela paraisse, aucune main ne l'avait touchée.

« Ça alors ! souffla Alex, éberluée. Comment ont-ils fait ?

— Il y a sûrement une machinerie. Les savants égyptiens sont très adroits pour fabriquer ce genre de mécanisme. Avoue que ça en impose, ajouta Gabriel. Les pèlerins doivent penser que c'est le dieu lui-même qui fait un miracle.

— Ça alors ! » répéta Alex.

Par la porte ouverte, elle venait d'apercevoir Sérapis. Haute comme cinq hommes, la gigantesque statue du dieu se tenait au centre de la pièce. Il était assis sur un trône, dans une attitude pleine de noblesse, tel un Zeus olympien. Sa coiffure débordait d'épis de blé et de rameaux d'olivier. A son côté était couché Cerbère, le chien des Enfers. Une vasque où brûlait un feu se trouvait à ses pieds, donnant à ses yeux de pierres précieuses des reflets étranges, presque vivants, dans la pénombre.

Et devant la vasque, il y avait Herbert. Habillé d'une longue tunique de lin blanc, signe de pureté, sous un himation pourpre[1], le front couronné de lierre, il tenait un calice doré entre ses mains. Autour de lui, quatre prêtres au crâne rasé portaient flûtes, tambourins, encensoirs et plateaux d'offrandes, ainsi qu'une cage d'osier où l'on devinait les longues oreilles d'un lapin.

Herbert et les quatre prêtres se prosternèrent devant Sérapis, puis ils sortirent à reculons tandis que la porte se refermait aussi mystérieusement qu'elle s'était ouverte.

Alex et Gabriel n'eurent que le temps de

1. Rectangle de tissu que les Grecs drapaient en guise de long manteau. Il était maintenu par une fibule.

se reculer dans l'ombre avant que les cinq hommes passent devant eux. Et puis tout à coup ils semblèrent disparaître dans un recoin du mur.

« Ils ont dû gagner les chapelles souterraines pour célébrer le culte, chuchota Gabriel. Nous n'avons plus qu'à attendre qu'Herbert en sorte. Ensuite, il faudra le suivre, jusqu'à ce qu'il soit seul. À nous deux nous arriverons bien à... »

Il se tut. Le troisième bracelet était là, dans sa bourse. Fallait-il dire maintenant à Alex qu'il le destinait à Herbert? Il espérait le contraindre à s'en aller avec eux. Non, autant se taire : elle serait sûrement folle de rage de n'avoir pas été mise au courant.

« Le lever du soleil aura lieu dans quelques minutes, souffla Alex. Il faut pincer Herbert tout de suite... histoire de ne pas rater notre rendez-vous... On lui saute dessus, on lui prend les bracelets et on se sauve en courant. »

Gabriel réfléchit longuement. Évidemment, le temps pressait, mais...

« J'ignore ce que nous trouverons au sous-sol, avoua-t-il. Je sais qu'il existe des souterrains et des chapelles, mais je n'en connais pas le plan. Ces souterrains sont sûrement gardés...

— Je suis prête à en prendre le risque! »

Des rites magiques, des « mystères » ayant trait à la survie de l'âme et à l'équilibre de l'univers, se déroulaient en grand secret dans de tels souterrains. Le commun des mortels n'y avait pas accès. Les Égyptiens, comme les Grecs, ne plaisantaient pas avec les sacrilèges. Qu'ils se fassent prendre, et ils seraient sans doute exécutés. Il y a quelques jours, un soldat romain avait même été lapidé par la foule pour avoir tué accidentellement un chat, un animal sacré.

Les premières lueurs de l'aube filtraient déjà par les étroites fenêtres. Alex l'entraîna d'autorité vers le recoin sombre où avait disparu Herbert.

Derrière une tenture, ils trouvèrent un étroit escalier. Ils descendirent sur la pointe des pieds pour déboucher dans une petite pièce à peine éclairée par une torche. Plusieurs couloirs se perdaient dans les ténèbres. Dans les profondeurs de la terre, on entendait un bruit de flûte, légère et aiguë.

« La cérémonie est commencée, chuchota Gabriel. Ils viennent réveiller le dieu. C'est un rite très important dans leur religion. Allons-y avant que le temple ne soit plein de prêtres. »

Ils avancèrent, guidés par la musique. De loin en loin, de petites chapelles s'ouvraient sur le souterrain, certaines fermées par de lourds rideaux. Les murs étaient aménagés de niches recelant des statues, sans doute des génies protecteurs ou de riches offrandes faites par les fidèles. De petites lampes à huile les éclairaient, modestes flammes dans les ténèbres.

À présent la musique s'était tue, mais ils continuèrent néanmoins à avancer. Soudain un bruit de pas leur mit les sens en alerte. Bientôt le halo d'une torche se devina au détour du couloir.

« Cachons-nous ! » souffla Gabriel.

La chose était plus facile à dire qu'à faire ! Une grande statue se trouvait bien là, mais elle n'était pas assez grande pour les dissimuler tous les deux. Il ne restait plus guère que les chapelles où se réfugier. Alex se précipita derrière le rideau le plus proche, tandis que Gabriel se collait au mur, dans l'ombre de la statue. Par chance, les hommes passèrent sans le voir.

Il s'agissait des quatre prêtres, Herbert

n'était pas avec eux. Le réveil du divin Ptolémée Néos Dionysos devait être terminé.

« Dis-moi, Je-Sais-Tout, fit tout à coup Alex, est-ce normal que les statues bougent? »

Cette bourrique était sortie de sa chapelle sans même être sûre que le chemin soit libre! Mais sa voix était étrangement lente...

« Boissieu, que t'arrive-t-il? s'inquiéta Gabriel.

— Je suis fatiguée... Quand est-ce qu'on rentre à la maison...? Est-ce que je t'ai déjà dit que tu étais mignon? poursuivit-elle en pouffant bêtement. Si, si. Avec ton chiton, tu as de si belles jambes! Tu devrais te mettre en jupe plus souvent...

— Boissieu, que s'est-il passé? insista Gabriel.

— Rien, dit-elle avec une lenteur désespérante. J'étais dans cette chapelle... et la lampe fumait. »

Gabriel alla repousser le rideau. Dans une quasi-obscurité, un vieil homme, maigre et à demi nu, se tenait accroupi, la tête renversée en arrière, en pleine extase. Près de lui fumait une lampe. Gabriel rabattit vivement le rideau car une odeur étrange commençait à lui tourner la tête. Était-ce un produit hallucinogène? Certains prêtres en utilisaient pour avoir des visions et prédire l'avenir.

Il traîna Alex jusqu'à une niche, prit son visage entre ses mains et l'observa à la lueur d'une flammèche. Ses pupilles étaient dilatées à l'extrême, et elle avait un sourire stupide qui ne présageait rien de bon.

« Il ne manquait plus que ça! Boissieu, ma belle, respire un bon coup! ajouta-t-il en la secouant par les épaules. Herbert est tout seul, nous allons pouvoir récupérer les bracelets. »

Il l'entraîna en la soutenant. Par chance, elle n'avait pas eu le temps d'inhaler beaucoup de fumée, les effets se dissiperaient sans doute d'un instant à l'autre. Mais comment compter sur elle dans cet état?

Au loin la musique reprit. Flûtes, sistres, cymbales et harpes jouaient au-dessus de leurs têtes, pour la plus grande gloire de Sérapis. On disait qu'une fenêtre avait été creusée dans le mur du naos de façon que le dieu reçoive le premier rayon du soleil sur sa bouche, comme une nourriture sacrée qui lui rendrait la vie.

Le temple devait grouiller de monde à présent, mais Gabriel continua d'avancer. D'une chapelle close filtrait de la lumière, ainsi qu'une écœurante odeur d'encens et de chair grillée. Il entendait distinctement un bruit d'objets métalliques s'entrechoquant. Herbert était sans doute en train de ranger les objets du culte. Le jeune homme, lâchant Alex, entrebâilla légèrement le rideau.

La statue de Ptolémée Néos Dionysos se dessinait sur son piédestal, recouverte d'un manteau de lin blanc. Sur une petite table, près du rideau, se trouvaient diverses coupes d'offrandes emplies de vin et de galettes d'orge. Une haute aiguière d'eau lustrale[1] voisinait avec quelques-unes de ces bandelettes rituelles dont on couvrait les animaux avant de les sacrifier.

L'autel était encore souillé de sang. Le lapin, dépecé et enduit de graisse, cuisait à présent dans les braises. Le dieu, du haut de son Olympe, se repaîtrait des meilleurs morceaux et les prêtres se partageraient le reste.

Herbert avait étalé le foie de l'animal sur l'autel pour y lire l'avenir. Pendant un instant, Gabriel se demanda si les entrailles étaient porteuses d'un bon présage...

À présent Herbert, de dos au rideau, ôtait sa couronne de lierre et se lavait les mains.

1. Eau que les prêtres utilisaient lors des cérémonies religieuse pour se purifier.

Gabriel en profita pour se glisser derrière lui : un bon coup sur la tête et le tour serait joué. Il leur suffirait ensuite de chercher les bracelets et d'attendre, à l'abri des regards, dans ce lieu isolé, le départ pour l'autre monde.

Il se saisit de l'aiguière, et allait en frapper Herbert, lorsque la voix d'Alex, toute proche, déclara sans attendre :

« Qu'avez-vous fait de nos bracelets? »

Il n'en fallut pas plus pour qu'Herbert se retourne. Son regard étonné fit rapidement place à un sourire mauvais.

« Eh bien, en voilà une surprise! »

Il s'essuya lentement les mains à une serviette, tandis que Gabriel levait l'aiguière, l'air menaçant.

« Vous deviez donc être transférés prochainement? s'enquit le savant. Pas de chance. J'ai déjà détruit vos bracelets.

— Vous mentez! gémit Alex.

— Vous ne pensiez tout de même pas que j'allais vous laisser repartir? ricana Herbert. Soit vous acceptiez mon offre, et vous viviez sous ma surveillance, soit je me débarrassais de vous... Mais il a sûrement moyen de s'entendre... Reconsidérez plutôt mon offre, nous pourrions partager le pouvoir... »

Tout en parlant, il reposa la serviette sur l'autel. Puis, à la vitesse de l'éclair, il se saisit du couteau du sacrifice et frappa.

« Gabriel ! »

Dans la tête du jeune homme éclatèrent ensemble la douleur de la lame et le cri d'horreur d'Alex. Sans même s'en rendre compte, il frappa lui aussi. L'aiguière s'abattit sur Herbert qui s'effondra.

Alex vit le jeune homme tomber à genoux, l'épaule ensanglantée. Elle se précipita pour lui porter secours, mais il la repoussa.

« Les bracelets ! s'écria Gabriel. Vite, cherche les bracelets ! »

Alex, affolée, se jeta sur le corps inconscient d'Herbert. Mais la tunique blanche, sous le manteau, n'avait pas de poche, et aucun sac n'était pendu à sa ceinture.

« Bon sang, s'emporta Gabriel en tentant de se relever, avoir fait tout cela pour rien ! »

Il retomba. La douleur devenait insupportable et la tête lui tournait, dans un instant il allait sûrement s'évanouir.

Puis tout à coup, le lent bip-bip s'éleva, aigu… Un seul bracelet, et ils étaient trois !

« Je les entends, fit Alex au désespoir. Il ne les a pas détruits ! Nous allons rater le départ !

— Alex, s'écria Gabriel, viens vite ici ! »

Sous son regard éberlué, il sortit le troisième bracelet de sa bourse et le lui passa au poignet :

« C'était pour Herbert... Ne m'en veux pas. Je ne t'en ai pas parlé parce que j'étais sûr que tu n'aurais pas confiance en moi... »

Le bip se faisait de plus en plus rapide. Du fond de son esprit embrumé, Alex venait de comprendre la portée de son geste. Cela la dégrisa d'un coup.

« Non, hurla-t-elle, je refuse de rentrer sans toi !

— Adieu, ma belle, fit-il en la prenant par le cou pour l'embrasser. Pense à moi de temps en temps... »

Ses lèvres avaient un goût de larmes salées. Le bip se stabilisa en un sifflement continu et Alex disparut.

13

Retour au futur

Quelques instants auparavant il y avait les lèvres de Gabriel, puis plus rien.

La porte du caisson s'ouvrit. Au milieu de ses larmes, Alex entrevit la silhouette de Carole qui criait :

« Du sang ! Elle est blessée ! Les médecins, vite ! »

Alex avait envie de leur hurler que c'était le sang de Gabriel, qu'il était blessé, qu'il souffrait, qu'il était seul, perdu dans le passé… Mais aucun mot ne sortit de sa gorge.

Elle sentit qu'on la tirait au dehors, qu'on palpait ses membres, qu'on lui retirait son péplos.

Puis ils la mirent sur le brancard. Les néons au plafond défilaient pendant qu'on l'emmenait vers... Mais où donc ? Il fallait qu'elle parle !

« Gabriel ! cria-t-elle.

— Nous savons, fit Carole en lui prenant la main, il n'est pas revenu.

— Il faut que j'y retourne... »

Elle avait parlé en grec. L'habitude sans doute.

« Allons, du calme, tout est fini, tu t'en es bien tirée.

— Il faut que j'y retourne, je te dis ! Où est Max ? Il faut qu'il m'apprenne le plan du temple...

— Max ? Quel Max ? Il n'y a jamais eu de Max ici, fit la voix inquiète de Carole.

— Pas de Max ? Mais enfin, c'est lui qui m'a hypnotisée pendant dix jours... »

Elle tenta de se lever, mais une main la retint.

« Ne t'énerve pas. Il n'y a jamais eu de Max au centre, Alex. Rappelle-toi, c'est Dominique qui t'a préparée... Ne t'inquiète pas, nous allons te donner un calmant, dans quelques heures tu iras mieux.

— Pas question ! J'ai ma dose de calmant pour aujourd'hui ! Pas de Max ? Est-ce que l'Histoire a changé ? Et Mme Berg, elle existe toujours, n'est-ce pas ? Je veux voir Mme Berg ! Dis-lui que je repars là-bas ! Prépare la machine ! »

La porte de la chambre s'ouvrit à la volée. Sans trop savoir comment, Alex se retrouva sur le lit, le drap tiré sur elle. Les médecins s'affairaient, l'un prenait sa tension, l'autre sa température, un troisième voulait du sang, de l'urine, de la salive...

« Assez ! hurla-t-elle en se débattant, au bord de la crise de nerf. Je veux voir Mme Berg.

— Plus tard.

— Tout de suite, ou je... »

L'idée venait de germer en elle, une idée fabuleuse, désarmante de simplicité. Mme Berg allait sûrement aimer.

« Tout de suite, Carole, reprit plus calmement Alex, ou je te jure que demain pas un journal, pas une radio, pas une chaîne de télévision n'ignorera ce qui se passe ici... Parole de fille de Lola Morgane ! »

14

Réunion de famille

Où donc était Alex? Gabriel se posa la question pour la centième fois. Peut-être était-elle au centre avec Mme Berg, ou chez Julien... Peut-être était-elle mariée, avec des enfants... Peut-être était-elle déjà vieille, morte..., ou pas encore née, qui sait?

Son épaule le faisait souffrir. Il se redressa pour que le médecin et le jeune eunuque puissent lui enlever son chiton, avant de retomber, sans force, sur le lit. Son lit. Il se trouvait de nouveau dans les appartements de Jules César, au palais.

« Tu as eu de la chance, fit le médecin, la lame a dévié sur l'omoplate. »

Le médecin était un Juif d'une quarantaine d'années, grand et mince. L'eunuque, lui, n'avait guère plus de vingt ans. Rose, joufflu et déjà grassouillet, il regardait le Juif avec un mépris qu'il ne cherchait nullement à dissimuler.

Le médecin commença à nettoyer la plaie avec de l'eau mêlée de vin, puis il fit un cataplasme de feuilles de chou sous un pansement.

« Tu es robuste et en bonne santé, lui dit-il, tu guériras vite. Évite de bouger et prends du repos, c'est la meilleure des médecines. »

Il salua le blessé et sortit. L'eunuque alla fermer la porte, puis il revint en marmonnant de cette drôle de voix haut perchée qu'ont d'ordinaire ses semblables :

« Pas une incantation... pas même une amulette pour te protéger... Je me demande où il a appris l'art de guérir, celui-là ! »

Gabriel le vit hocher la tête d'un air scandalisé. L'eunuque enleva un petit sachet parmi les gris-gris qui pendaient à son cou, qu'il tendit à Gabriel :

« Tiens, un puissant mage m'a fait cette amulette. C'est un texte sacré écrit avec du sang de bouc sur une peau de serpent. J'ai survécu à mon opération grâce à elle. Je te la prête. »

Gabriel le laissa passer l'objet autour de son cou et le remercia. Les eunuques étaient souvent susceptibles, inutile de contrarier celui-ci en refusant son aide.

Il ignorait comment il avait regagné le palais. Il s'était évanoui après le départ d'Alex. À son réveil, Herbert avait disparu. Ensuite Gabriel avait épuisé ses dernières forces à sortir du souterrain avant de s'effondrer au pied d'un prêtre.

Et le voilà bloqué à une époque qui n'était pas la sienne... Où donc était Alex? Avait-elle pu rentrer saine et sauve?

Son compagnon s'activait dans la pièce, tapant les coussins pour leur donner du gonflant, rangeant les rouleaux de papyrus.

« Qui es-tu? » finit par demander Gabriel.

Le jeune eunuque alla s'asseoir au pied du lit et expliqua fièrement :

« Je me nomme Lysias, je suis le fils d'un authentique Grec d'Athènes. J'appartiens au gynécée[1] de la divine Cléopâtre. Je tiens les comptes pour tout ce qui concerne ses

1. Dans la Grèce antique, appartement réservé aux femmes.

femmes, les achats de vêtements, de maquillage, de médicaments... Bien sûr, ce n'est pas très intéressant, mais un jour j'aurai certainement un emploi au *Basilikon*, ou auprès du diœcète[1]. »

Les yeux de l'eunuque brillaient. Ils étaient des centaines comme celui-ci, pauvres mais intelligents et ambitieux, à avoir sacrifié leur virilité dans l'espoir d'obtenir de hautes fonctions.

« C'est le vieux Thotès qui t'a trouvé inconscient. Une agression sanglante dans l'enceinte sacrée du temple, tu imagines l'horreur des prêtres ! Il a fallu tout purifier après ton départ pour éviter la colère des dieux ! Qui donc a osé te frapper dans ce saint lieu ? »

Mais Gabriel se contenta de détourner les yeux et l'eunuque n'insista pas.

« Thotès s'est rappelé t'avoir vu avec César. Comme il ne voulait pas avoir affaire aux Romains et qu'il me connaissait, il m'a fait chercher, et je t'ai ramené au palais. L'autre, le médecin, c'est Éléazar, un Juif de Delta. »

---

1. Le diœcète était l'équivalent de notre ministre de l'Économie. Le *Basilikon* gérait le Trésor royal.

Les quartiers d'Alexandrie portaient des noms de lettres grecques. Le quartier juif, Delta, jouxtait le palais.

« Il était venu soigner un des siens… Tu penses bien que si j'avais eu le choix, je t'aurais trouvé un autre médecin… Il paraît que ces gens-là ont tous la gale, ce sont des impurs. »

Belle mentalité ! pensa Gabriel. Bien sûr, il n'ignorait pas que les calomnies et les persécutions contre le peuple juif étaient fréquentes à Alexandrie. Dans quelques siècles, on y persécuterait aussi les chrétiens, pour les mêmes raisons. Mais Lysias poursuivait en ricanant :

« Ils affirment que seul leur dieu existe, et refusent de sacrifier à ceux des autres ! En plus, ils tolèrent mal l'esclavage ! Que ferions-nous sans esclaves, je te le demande ? Déjà qu'on doit se battre avec ces demi-nègres d'Égyptiens pour les faire travailler ! »

Gabriel ferma les yeux, écœuré par de tels propos. L'humanité avait encore quelques progrès à faire avant de respecter les Droits de l'Homme !

Il tenta de se lever. Un cri de douleur lui échappa et il préféra se recoucher.

« Bon sang, soupira-t-il, je n'ai plus qu'à prier pour ne pas avoir d'infection.

— Ça ne va pas ? Que dis-tu ? »

Gabriel ne répondit pas. Les Droits de l'Homme n'étaient pas pour demain, et les antibiotiques non plus, même s'il avait une vague idée de la façon dont on les fabriquait. En revanche, il était parfaitement capable de construire un alambic pour produire de l'alcool et désinfecter sa plaie... Voilà qu'il réagissait comme Herbert ! Voilà qu'il avait en tête de modifier l'avenir !

Lysias se leva avec une agilité étonnante pour sa corpulence et gagna la porte. Il y colla son oreille et déclara de sa voix de fille :

« C'est la garde qui arrive ! Le consul a convoqué le divin Ptolémée, son frère, sa sœur, ainsi que leurs conseillers. Nous serons au premier rang pour le spectacle. La reine est revenue, elle a passé la nuit chez César.

— Aide-moi, fit Gabriel en tentant de se lever. Je ne voudrais pas rater cela pour un empire ! »

Lysias l'épaula jusqu'à la galerie qui surplombait la pièce de réception. Le point de vue y était idéal. Ils n'étaient pas les seuls à en avoir eu l'idée, car plusieurs soldats s'y tenaient, sans doute attirés, comme eux, par la curiosité.

Aujourd'hui César recevait la famille royale en maître. Les douze licteurs se tenaient debout, leurs faisceaux à la main, entourés d'une vingtaine d'officiers en uniforme de parade. Casques étincelants, cuirasses polies, ils portaient les aigles argentées de leurs unités. Rome affirmait ainsi sa toute-puissance en pays étranger.

César avait changé sa toge pour une cuirasse et son manteau rouge d'*imperator*. C'était une provocation frisant la déclaration de guerre.

Cléopâtre, elle, avait revêtu l'antique coiffure des reines à ailes de vautour, ainsi que le diadème royal à tête de cobra. Pour parachever cette mise en scène, César s'était assis au côté de Cléopâtre, se proclamant ainsi l'égal de la reine-déesse d'Égypte.

« Elle m'a envoyé chercher ses vêtements, se rengorgea tout bas Lysias. Elle est bien mieux que Bérénice, la fille d'Aulète, notre dernière reine…

— Tu as connu Bérénice, la sœur aînée de Cléopâtre ? s'étonna Gabriel. »

Ptolémée XII Néos Dionysos « Aulète », le joueur de flûte, avait dû fuir à Rome, détrôné par le peuple qui ne supportait plus ses extravagances. Bérénice, sa fille aînée de dix-sept ans, avait alors pris le pouvoir. Mais Aulète, aidé par Pompée, était revenu trois ans plus tard à la tête d'une armée romaine. La répression avait été terrible.

« Mon père a assisté à sa fin, expliqua Lysias. Bérénice est morte enchaînée, la tête tranchée. On a tué ainsi quatre cents de ses partisans ! »

Fallait-il s'étonner que Cléopâtre ait le cœur endurci ? Elle avait quatorze ans lors de ce massacre !

Devant César et Cléopâtre, se trouvait Pothin. À deux pas de l'eunuque, Gabriel reconnaissait le petit prince Ptolémée, le frère cadet des souverains, la princesse Arsinoé et son eunuque Ganymède.

Arsinoé ressemblait à son frère, le roi : mêmes cheveux châtains et mêmes yeux sombres. Mais là s'arrêtait la ressemblance, car Arsinoé, elle, était intelligente. Ganymède lui avait appris très tôt les rouages du pouvoir. La belle Arsinoé était douée : à seize ans, elle avait déjà quelques meurtres sur la conscience.

Ganymède, lui aussi, sortait de l'ordinaire. Grand, mince, et bel homme, il ne ressemblait en rien à l'image que l'on se faisait d'un eunuque. Son regard perçant balayait la salle et enregistrait le moindre détail. Les enfants royaux étaient des poulains qu'il fallait diriger avec soin, seuls les meilleurs auraient le pouvoir. Pour le moment, Arsinoé, sa pouliche, était bien placée.

Mais la palme du spectacle revenait à Ptolémée XIII Philopator. Le jeune roi, aussi rouge que sa tunique pourpre, venait d'entrer dans une violente colère et hurlait comme le dernier de ses valets d'écurie :

« Putain ! Putain vendue aux Romains ! »

Ces mots doux s'adressaient naturellement à sa sœur et épouse, Cléopâtre.

« Là, il en fait trop, souffla Lysias à Gabriel. Le ton n'est pas assez naturel. »

Gabriel regarda l'eunuque avec étonnement.

« Le texte est de Pothin, c'est évident, reprit Lysias. Le roi déclare à la face du monde que la reine est infidèle. Ainsi, il pourra la répudier.

— Honte sur toi! beuglait le jeune roi. Femme sans honneur! Tu as disparu depuis plus de six mois pour revenir me tromper avec un barbare dans ma propre maison! »

Arsinoé jubilait. Elle se voyait déjà reine à la place de la reine, comme le lui avaient promis Pothin et Ganymède. César et Cléopâtre, eux, se regardèrent avec un rien d'ironie. Ils avaient parfaitement compris son manège.

« En voilà assez, s'écria César que cette comédie commençait à lasser, vous allez vous réconcilier, cela ne peut plus durer!

— Jamais! Vous m'avez trahi!

— Tu parles, ricana Lysias à l'oreille de Gabriel, Pothin a déjà envoyé des hommes partout dans Alexandrie pour dire au peuple que la reine trompe le roi avec le Romain. »

Mais l'évidente complicité de César et de Cléopâtre, riant de ses insultes, commençait à agacer le jeune roi. Il comprenait enfin qu'il était le dindon de la farce.

En un instant, Gabriel le vit passer de la comédie à une fureur bien réelle. Ptolémée arracha son beau diadème royal qu'il jeta par terre d'un geste rageur. Il sauta dessus à pieds joints, comme un enfant gâté, pour le piétiner en hurlant. Puis, sans prévenir, il sortit. Pothin soupira d'un air navré :

« Ô sort funeste! Je crains que le roi ne soit vraiment fâché. Et puis, le peuple gronde, il ne supportera pas longtemps une reine infidèle...

— Infidèle? s'étonna César. La reine est seulement venue se mettre sous ma protection. »

Cléopâtre souriait. À voir sa mine réjouie, la protection de César avait dû être agréable.

« Mon cher Pothin, fit-elle hypocritement, César, le nouveau tuteur de Ptolémée, va lire au peuple le testament de mon père, disant qu'il lègue son royaume à l'aîné de ses fils et à l'aînée de ses filles. Aux deux ensemble... Ainsi le peuple saura que je ne réclame que mon héritage. »

Elle se tourna alors vers sa sœur pour poursuivre sur le même ton :

« Arsinoé, ma douce, Rome nous rend l'île de Chypre[1]. Tu en seras la reine avec notre petit frère pour roi et époux. N'es-tu pas contente? »

Arsinoé réprima une grimace. Reine de

1. Chypre avait été annexée dix ans auparavant par Rome. L'oncle de Cléopâtre, qui en était le roi, préféra se suicider plutôt que se rendre aux Romains.

Chypre ? Ce trou à rat, cette crotte de pigeon perdue sur la carte de la Méditerranée ? Alors qu'on lui avait promis toute l'Égypte ? Et, en plus, avec ce morveux de dix ans comme époux ? Mais Arsinoé était bien élevée, aussi s'empressa-t-elle de saluer César pour le remercier de son cadeau empoisonné.

Le petit Ptolémée, un enfant chétif à l'air triste, faisait lui aussi grise mine, bien que pour d'autres raisons. Malgré son jeune âge, il savait sans doute qu'il ne ferait pas de vieux os à Chypre, seul avec sa sœur Arsinoé.

Cléopâtre reprenait d'une voix mielleuse :

« Cher Pothin, ne t'inquiète plus pour le roi mon frère. César le fait dès à présent protéger nuit et jour par ses propres gardes... N'est-ce pas gentil ? Après le discours au peuple, nous fêterons notre réconciliation par de grandes fêtes. Je compte organiser des jeux au stade. Le peuple adore les jeux. Qu'en dis-tu ? »

Pothin déglutit péniblement. César venait de prendre Ptolémée en otage... Le pouvoir allait lui échapper ! L'eunuque réfléchissait à la vitesse de l'éclair. C'était à lui, Pothin, d'organiser la révolte contre César et Cléopâtre depuis l'intérieur du palais. Il fit un grand sourire et s'efforça de répondre :

« Voilà d'excellentes nouvelles ! Naturellement, divine Cléopâtre, je ferai tout pour convaincre ton frère de vous réconcilier. »

Lysias, du haut de la galerie, se pencha vers Gabriel pour lui glisser, admiratif :

« Ça c'est du grand art. Tu as vu cette maîtrise de lui-même ? Les Romains tiennent Ptolémée prisonnier, et Pothin n'a même pas sourcillé ! Au fait, où est donc Achillas ? C'est étonnant qu'il ne soit pas là. »

Gabriel serra les dents, de douleur et d'appréhension. Lui savait où était le général Achillas. Achillas était parti chercher son armée à Péluse. Dans quinze jours, à son retour, ce serait la guerre.

La sueur coulait sur son front. Sa vue se troublait. Il avait si chaud… Il baissa la tête pour regarder son pansement : il était plein de sang, la blessure avait dû se rouvrir. La douleur lui coupait le souffle, jusqu'à devenir intolérable.

Il se sentit glisser lentement par terre, sans que Lysias puisse le retenir. Où donc était Alex ? pensa-t-il avant de fermer les yeux.

15

Retour vers le passé…

« C'est hors de question, hurla Mme Berg en tapant rageusement du poing sur son bureau.

— Si, j'y retourne.

— Non !

— Rappelez-vous, je suis une sale gamine mal élevée. Comme vous le savez, ma mère travaille dans une station de radio. Imaginez le plaisir qu'elle prendra à diffuser la nouvelle : on voyage dans le temps… Vous allez avoir un succès fou. Le centre va être pris d'assaut par la presse, la police, les espions, les terroristes, les…

— Assez! Vous vous êtes engagée à ne rien dire! Vous n'oseriez pas! s'offusqua Mme Berg.

— Vous voulez parier? déclara Alex avec le plus grand sérieux. Gabriel a besoin de moi! »

Alex se tut un instant avant d'expliquer :

« Je reconnais que je n'ai pas été à la hauteur jusqu'à présent… Vous aviez raison. Vous m'aviez donné une chance unique de faire quelque chose de bien de ma vie et je l'ai gâchée. C'est par ma faute que tout a raté… J'ai été un poids mort pour Gabriel, je l'ai gêné. »

Mme Berg se sentit ébranlée malgré elle. Alex avait vraiment l'air de se repentir, mais cela suffirait-il à sauver la mission Cléopâtre?

« Renvoyez-moi à Alexandrie avant qu'il soit blessé, reprit Alex d'un ton suppliant.

— Non. Un être vivant ne peut pas se trouver deux fois au même endroit. Vous y rencontreriez votre double, et cela causerait votre mort.

— Alors, la coupa Alex, si je ne peux rien empêcher, je dois lui amener des médicaments! Il risque de mourir!

— Impossible, notre règlement l'interdit. Rien de ce qui a été inventé après cette époque ne doit y pénétrer. Imaginez qu'un médecin en comprenne la composition et qu'il sauve des personnes condamnées. Et puis, de toute façon, la machine demande une longue préparation.

— Tans pis, je tente le coup.

— Vous pourriez arriver n'importe où, n'importe quand ! Et, faute de préparation, je ne peux pas vous garantir le retour. Cela vaut-il que vous risquiez votre vie pour ce garçon ?

— Vous parlez de risquer ma vie ? Justement il a sauvé la mienne, et à plusieurs reprises. Et moi, pendant ce temps, j'étais aveugle, je râlais, je traînais les pieds... Je lui dois bien ce service, non ? Laissez-moi repartir, je vous en supplie... Herbert sévit toujours, je vous le rappelle. Cette fois-ci, on vous le ramènera ! »

La proposition était alléchante, pensa Mme Berg avec calcul. Mais cette fille était trop émotive, donc peu sûre. La preuve : elle s'apprêtait à trahir leur secret pour voler au secours de son petit ami. Car il y avait quelque chose entre eux, cela sautait aux yeux.

Voilà ce que c'est que de faire confiance à des amateurs, soupira-t-elle, et qui plus est à des jeunes amateurs.

« Bien, finit-elle par dire, nous vous ferons partir dans quelques jours, le temps de préparer le matériel. Vous êtes épuisée, vous devez vous reposer.

— Non, tout de suite. Pendant que j'en ai le courage ! »

Mme Berg, les yeux mi-clos, réfléchit. Que dirait-elle à la vedette de la radio, si on perdait sa fille quelque part dans le temps ? Mais, d'autre part, quel soulagement si cette excitée parvenait à ramener le jeune Gabriel et Herbert en vie… Le jeu en valait la chandelle.

« Bien, entendu, venez. »

Mme Berg se leva et gagna la porte. Et puis, calcula-t-elle encore, si cette énergumène se perdait définitivement dans le passé, elle serait bien inoffensive. Alex Boissieu était un cancre. Elle était parfaitement incapable d'inventer le fil à couper le beurre, alors ne parlons pas de la poudre ! Avec elle, aucun risque de voir le passé modifié. Ce qui n'était pas le cas des deux autres.

« Qu'est-ce que c'est que ça ? fit tout à

coup Alex. Ce n'était pas là quand je suis partie. »

Près de la porte se trouvait une statue, haute de quarante centimètres, posée sur une colonne.

« Voyons, Alex, fit Valentine Berg d'un ton sec, assez d'enfantillages, vous la connaissez. C'est ce pauvre Fontaine qui me l'avait offerte. C'est stupide, mais il trouvait qu'elle me ressemblait...

— Je vous assure que cette statuette n'était pas là quand je suis partie », répéta Alex sous l'œil acéré de Mme Berg.

En dix jours passés au centre, Alex était entrée dans ce bureau une bonne vingtaine de fois. À cette place, il y avait un gros vase grec, jaune et noir, dans une vitrine, et pas cette... chose.

C'était indiscutablement une statue égyptienne. Elle représentait une femme vêtue d'un pagne et d'une tunique à manches longues, un costume inhabituel pour une divinité, et qui ressemblait étrangement aux vieux tailleurs dont s'affublait Mme Berg. Les cheveux étaient remontés en chignon et les yeux, énormes, ressortaient en relief.

Max inconnu, et le vase envolé? D'autres

événements avaient-ils été modifiés durant son absence?

« Elle a été trouvée dans les fouilles d'Alexandrie en 1890, reprenait Valentine Berg en ouvrant la porte, elle est unique en son genre. Son nom, sur le socle, était à moitié effacé. Il s'agirait de Mameber, la déesse à tête de chouette, une déesse parfaitement inconnue.

— Mameber? » répéta Alex en la suivant.

Alex ne put s'empêcher de sourire. Une chose était sûre, elle ne savait pas si elle en reviendrait, mais elle allait retourner à Alexandrie!

16

L'incendie de la Bibliothèque

Elle apparut brusquement au beau milieu d'un jardin. C'était la nuit. Alex distinguait devant elle des bâtiments à colonnes, ainsi qu'un grand mur qui semblait entourer le tout. On avait construit, tout contre, un vaste échafaudage dont le haut servait de chemin de ronde.

Une lourde tour de bois y était accolée. Alex en avait vu lors de sa préparation sous hypnose. Elle reconnut aussitôt une de ces machines de guerre comme en fabriquaient les Romains.

Chose étonnante, de longues taches jaunes s'étiraient sur les murs, semblables à de gigantesques ombres chinoises. On entendait au loin le ressac de la mer contre les rochers, ainsi qu'un curieux crépitement. Comme mue par un étrange pressentiment, Alex se retourna lentement. Le jardin se finissait en terrasse surplombant l'eau. Le ciel était rouge ! Le feu !

Elle se trouvait bien à Alexandrie, et au loin, dans le port, la flotte était en train de brûler. Près d'un mois avait donc passé entre son départ et son retour ! Les bateaux se consumaient comme des torches. Soixante-dix magnifiques navires de guerre égyptiens partaient en fumée !

Alex tenta de rassembler ses souvenirs. Oui, bien sûr : Achillas cernait le quartier du palais. Les Romains étaient retranchés à l'intérieur, avec Ptolémée en otage. Il était essentiel que César garde sa position, car, en plus du quartier du palais, il tenait aussi le grand port.

César attendait des légions en renfort. Mais cette attente ne devait pas trop lui peser, puisque le consul filait le parfait amour avec la reine.

C'est alors que les navires que Cléopâtre

avait envoyés à Pompée, voilà plusieurs mois, pour l'aider à la bataille de Pharsale, étaient rentrés à Alexandrie… Achillas, en les utilisant, aurait pu prendre sans peine le palais par la mer. César, avec l'accord de la reine, décida donc de les sacrifier. Il y fit mettre le feu, tandis que lui-même prenait la tête de ses trente navires afin de les conduire à l'abri, au pied du Phare.

Alex, immobile, observait ce spectacle grandiose et presque surnaturel. Le vent soufflait vers la ville. Des bouts déchiquetés de voiles en flammes s'envolaient comme des cerfs-volants fous pour aller se poser sur les grands silos à blé et les chantiers navals qui bordaient le port. Le feu se propageait, dévorant les toits, rongeant les charpentes, faisant exploser les silos avec des bruits de bombes. Encore quelques maisons et ce serait le tour de la Grande Bibliothèque…

« Hé là, toi, la fille, s'écria un homme, que fais-tu dehors malgré les ordres ! »

Avant qu'Alex ait pu faire un geste, un soldat vint l'attraper violemment par le bras :

« Divine Cléopâtre ? s'étonna-t-il. Pardonne-moi de t'avoir bousculée, ajouta-t-il avec crainte en la lâchant aussitôt. Ce n'est pas prudent

de sortir seule. Les autres peuvent profiter de l'incendie pour attaquer le palais à tout moment. Veux-tu que je te raccompagne ? »

Vu son uniforme, son bouclier rectangulaire et son mauvais grec, c'était un Romain. Au moins, Alex était-elle tombée dans le bon camp !

« Mais... fit-il tout à coup, tu n'es pas la reine !

— Je suis une amie de Gaïos, je le cherche.

— Le serviteur de César ? demanda le soldat d'un ton soupçonneux. Il est chez le consul... Mais dis-moi, je ne t'ai encore jamais vue dans l'enceinte du palais, comment es-tu entrée ? »

Gabriel était vivant ! C'était si merveilleux qu'Alex éclata de rire. Le soldat, qui pensait sans doute qu'elle se moquait de lui, l'agrippa de nouveau d'un air menaçant et attendit sa réponse.

« Si je te disais comment je suis entrée, tu ne me croirais pas. Emmène-moi chez le consul, et tu verras bien que je connais Gaïos. »

Il était là, devant elle. De dos, appuyé au rebord d'une fenêtre, il contemplait l'incendie.

Le garde, qui tenait toujours Alex, la poussa brutalement vers Gabriel, et demanda en latin :

« Il paraît que tu connais cette fille ? »

Le jeune homme se retourna. Gabriel avait maigri, sa tunique courte semblait flotter sur lui. C'est l'air impassible qu'il s'avança vers Alex. Enfin, presque impassible, car ses yeux brillaient tant en la regardant que c'en était un vrai plaisir.

« Boissieu ? » Il vint la prendre par la taille pour la serrer à l'étouffer. Comment Alex avait-elle pu croire que Gabriel n'était qu'un iceberg ?

« Tu vas bien, Je-Sais-Tout ? demanda-t-elle d'une voix inquiète en passant une main sur son visage. Tu as l'air si fatigué.

— Tu es folle d'être revenue ! La guerre est déclarée, Alex.

— Je t'ai rapporté un bracelet. Nous repartirons dans quinze jours, si tout se passe bien. Mais Mme Berg m'a laissé entendre que nous pourrions ne jamais revenir... Et pire, Gabriel, les événements ont déjà changé. Dis-moi, suis-je devenue folle, ou y avait-il un Max au centre ?

— Oui, Max Walter, l'homme au magnéto.

— Max ne travaille plus au centre, et il paraît que personne n'en a jamais entendu parler !

— Pourtant ici tout se passe comme prévu, reprit Gabriel. Il y a eu des fêtes de réconciliation pendant lesquelles César s'est affiché partout avec Cléopâtre. Ensuite, Pothin a fait disparaître les objets sacrés des temples en affirmant au peuple que César les avait volés. Et quand l'armée d'Achillas est arrivée, le peuple, furieux, l'a aidé à nous assiéger. Normalement, la princesse Arsinoé et son eunuque Ganymède devraient bientôt s'enfuir dans le camp adverse…

— Où est Herbert ? J'ai un bracelet pour lui.

— Je pense qu'il est avec le général Achillas, dans le camp des rebelles. Je l'ai perdu, voilà un mois, dans le temple.

— Pour moi, c'était il y a une heure… fit Alex, avec un petit rire. Tu étais blessé, tu m'as embrassée et… »

Elle s'arrêta. Gabriel n'avait peut-être pas envie de s'en souvenir. Effectivement, il baissa la tête d'un air confus. Au loin, un silo explosa dans la nuit, avec un bruit de tonnerre. Gabriel se tourna vers la fenêtre pour lui montrer les navires en flammes.

« Cette dernière heure, je l'ai passée à attendre. J'attends qu'elle brûle. »

Il parlait de la Bibliothèque, bien sûr. Pour lui, ce devait être pire que de voir sa propre maison réduite en cendres.

« C'est abominable de penser que l'on ne doit rien faire... soupira-t-il. Des siècles de civilisation partis en fumée... juste à cause d'une étincelle...

— Et cette guerre, ne trouves-tu pas injuste que nous ne puissions pas l'empêcher? Dire que je voulais sauver le monde, et que je vais laisser des milliers de gens mourir... La Bibliothèque! s'écria brusquement Alex. Herbert doit y être! Tout à l'heure, dans l'hypogée, il a dit qu'il sauverait la Bibliothèque! »

Gabriel la regarda d'un air surpris. Alex semblait changée. Il ne se souvenait pas de lui avoir jamais vu une attitude si volontaire!

« Ne pourrait-on pas aller à la Bibliothèque, s'écria-t-elle, ramener Herbert et l'enchaîner au fond d'un cachot avec son bracelet, en attendant que nous repartions?

— Impossible. La Bibliothèque se trouve dans le secteur contrôlé par les Romains. Comment Herbert pourrait-il s'infiltrer dans l'enceinte?

— Voyons, il est assez intelligent pour s'être préparé une entrée ! Allons-y ! Qu'avons-nous à perdre ? Et si tu crains que nous ne soyons pas assez de deux, il n'y a qu'à appeler la cavalerie à l'aide !

— La cavalerie ? s'étonna Gabriel

— Oui... Rambo et Terminator. »

« On était bien tranquille, quand tu n'étais pas là... » jeta Apollodore tout en cheminant.

Sa grande carcasse se découpait sur le ciel rougeoyant. Alex leva la tête vers le garde pour lui lancer un sourire carnassier :

« Moi aussi, je t'adore.

— ... À croire que tu colles le mauvais œil !

— Ben voyons ! ricana Alex. C'est ma faute si les bateaux ont mis le feu au port ! Ne t'inquiète pas, dès demain tu pourras courir faire un sacrifice aux dieux pour conjurer le mauvais sort.

— C'est toi, Gorgone maléfique, qu'on devrait sacrifier... à Hadès, le dieu des Enfers !

— Assez, tous les deux ! ordonna Amyntas. Gaïos, tu disais que Démétrios viendrait à la Bibliothèque, nous y sommes ! »

Gabriel leva les yeux vers les bâtiments qui s'élevaient sur une colline, à une centaine de mètres. Le toit du Musée lâchait déjà de gros bouillons de fumée blanche, et des morceaux de voiles en feu, poussés par le vent, se plaquaient sur le toit voisin, celui de la Bibliothèque.

La végétation était sèche et ne demandait qu'à s'embraser. Il aurait suffi d'un rien pour que le feu se propage à la ville !

« Fassent les dieux que tu aies raison, reprit Amyntas, ce chacal est un des pires ennemis de la reine, elle sera contente qu'on le lui ramène.

— D'où tiens-tu tes informations ? demanda Apollodore, l'air soupçonneux. Aurais-tu des contacts avec des espions au dehors du palais ?

— Comment en aurais-je ? répondit Gabriel qui avançait, les yeux fixés sur la Bibliothèque. Nous sommes encerclés depuis quinze jours ! »

La Bibliothèque et le Musée étaient au centre d'un jardin sillonné de sentiers ombragés. Les rois y logeaient bon nombre de savants de tous les pays, qui poursuivaient ainsi leurs recherches, sans soucis d'argent.

On y avait même installé une ménagerie, afin d'étudier les animaux.

Pour l'heure, éléphants et lions, affolés par l'odeur de l'incendie, barrissaient et rugissaient. Les singes hurlaient au loin tandis que la plupart des savants, à demi nus, éberlués, restaient sans réaction au pied des bâtiments. La fumée les avait tirés de leur lit, et, le temps de courir se réfugier au-dehors, le sinistre avait pris de telles proportions qu'ils ne savaient plus que faire.

À présent, le toit était en feu. Les tuiles pleuvaient, craquant sous la chaleur. Des esclaves essayaient malgré tout de traîner à l'extérieur les lourds coffres de pierre qui contenaient les précieux cylindres. Quelques savants, aidés de leurs serviteurs, la tête couverte d'un linge humide, entraient et sortaient en courant, les bras chargés de papyrus.

« Ces gens sont fous! s'écria Apollodore. Pourquoi risquer sa vie pour des papyrus?

— Ils le font pour Euripide, répondit Gabriel, la voix hachée d'émotion. Homère, Platon... Pour la littérature, la poésie... pour les travaux de médecine, la géométrie, l'astronomie... »

La chaleur devenait suffocante et le bruit assourdissant. C'était étrange comme le feu pouvait être bruyant ! Les flammes submergeaient tout, comme un raz de marée. Les papyrus centenaires s'embrasaient avec des sifflements de fusées dans des gerbes d'étincelles bleutées. Voilà que les planchers commençaient à s'effondrer sous le poids des trop lourds coffres de pierre !

« Ils sont fous ! répéta le Sicilien. Risquer sa vie pour de l'or, soit, mais pour des livres...

— Le savoir, pauvre cloche, lâcha Alex, c'est aussi un trésor !

— Alors, qu'attends-tu ? persifla l'autre. Emplis une outre d'eau et cours éteindre l'incendie avec ces inconscients ! D'ailleurs, je suis sûr que tes maudits papyrus détestent autant l'eau que le feu !

— Nous ne sommes pas venus sauver la Bibliothèque », déclara Gabriel d'un ton ferme.

Pourtant Alex sentait sa voix trembler, et ses yeux, reflétant les flammes, étaient emplis de larmes.

Un esclave, son chiton en feu, se tordait en hurlant. Un vieil homme, retrouvant un peu de lucidité, enleva son manteau en toute hâte pour l'en couvrir et étouffer les flammes.

« Par les dieux, s'écria Apollodore, n'est-ce pas Démétrios qui sort de la fournaise?

— C'est lui! Attrapons-le! »

Herbert transportait une dizaine de rouleaux qu'il jeta dans l'herbe avant de faire demi-tour. Amyntas l'arrêta violemment en le plaquant au sol. Démétrios, les yeux fous, la peau boursouflée de cloques, se mit à hurler :

« Lâche-moi, misérable! Je n'ai sorti que la moitié d'un livre d'Hérodote, l'autre moitié va brûler! »

Puis avisant Gabriel, il ajouta en français :

« Fais quelque chose! Je n'avais qu'une poignée de serviteurs pour m'aider à combattre l'incendie, mais ces lâches ont abandonné leurs seaux et se sont enfuis! Gaïos, il n'existe pas de copie de ce livre! »

Gabriel avait l'air écartelé, et Herbert était pitoyable. Était-ce là l'homme qui voulait prendre le pouvoir, quitte à tuer? Chez lui, le scientifique avait-il brusquement repris le pas sur l'ambitieux?

« Par pitié! Aidez-moi à sauver la Bibliothèque, hurla Démétrios en se débattant, je me rendrai ensuite, je le jure! »

Amyntas lui assena un violent coup au sternum qui lui fit pousser un cri, puis reprenant son souffle, le savant hurla à Gabriel :

« Comment peux-tu laisser commettre un tel crime ! Vas-tu priver les générations futures de tout ce savoir par ta lâcheté ? »

Gabriel, fouetté par l'insulte, n'hésita plus. Il se jeta sur Amyntas pour lui faire lâcher prise. L'Égyptien, surpris, l'envoya rouler au sol du revers de la main, mais Herbert était libre.

« Il va s'enfuir, s'écria Apollodore, par ta faute, Gaïos ! Tu vas payer pour cette trahison ! »

Pourtant Herbert ne cherchait pas à fuir. Au contraire, comme éperdu, il fonçait vers la Bibliothèque. Le grand Sicilien le suivait de près, mais, arrivant à la bouche du brasier, il hésita à entrer avant de renoncer prudemment.

Les étincelles crépitaient et les tuiles brûlantes tombaient du ciel. Sans perdre de temps, Gabriel courut vers la fontaine. Certains savants se lamentaient, chacun dans sa langue, maudissant ou appelant les dieux à l'aide. Le jeune homme se mit à leur hurler :

« Remuez-vous ! Prenez ces seaux et faites

une chaîne, sinon tous vos travaux vont être réduits en cendres! »

D'un geste brusque, il arracha son manteau à un homme qui se retrouva nu. Puis il plongea le tissu dans l'eau et s'en enveloppa en toute hâte. Avant que quiconque ait pu faire un geste, il sautait au milieu des flammes.

Les hommes, enfin, semblèrent réagir. Ils mouillèrent leurs vêtements pour se protéger du feu, puis ils commencèrent maladroitement à lancer l'eau par la porte et les fenêtres à l'aide des seaux abandonnés.

Pour Alex, le temps parut s'arrêter. Après ce qui lui sembla une éternité, Gabriel ressortit en toussant, les bras chargés de gros cylindres de cuir. Il posa le tout et repartit aussitôt. À son troisième voyage, Alex, rongée d'inquiétude, réussit à lui barrer le chemin.

« Assez, Gabriel, s'écria-t-elle, nous ne devons rien faire!

— Démétrios nous a échappé par ta faute », ajouta hargneusement Apollodore en l'attrapant.

Le jeune homme, noir de fumée et le souffle court, vacilla alors que le Sicilien en colère levait le bras pour le frapper. Alex, telle une furie, lui sauta à la gorge pour défendre son ami. C'est Amyntas qui vint les séparer.

« Ce démon de Démétrios n'est pas ressorti, déclara-t-il. Il faudrait qu'il soit Héphaïstos en personne pour survivre à une telle fournaise !

— Tant mieux, répliqua Apollodore en toisant les deux jeunes gens d'un air rancunier, les dieux ont décidé pour nous. Partons d'ici maintenant ! »

Mais Gabriel, malgré son air exténué, regardait de nouveau vers la Bibliothèque. Alex le retint et le supplia :

« Je t'en prie ! Elle doit brûler ! Ne risque pas ta vie ! C'est à eux d'intervenir, poursuivit-elle en montrant les savants du Musée, pas à nous. Nous ne devons pas modifier le passé !

— Pourquoi faut-il que tu aies raison ? hurla-t-il. C'est trop injuste ! » sanglota-t-il, épuisé, en se laissant glisser à genoux.

Alex, émue par sa détresse, se pencha vers lui. Elle posa une main sur son épaule que Gabriel repoussa avec gêne. Dans un sursaut d'orgueil, il trouva le courage de se relever. Puis il se mit en marche en vacillant, sans un regard en arrière.

Ses trois compagnons lui emboîtèrent le pas, tandis que, dans leur dos, savants, serviteurs et esclaves s'acharnaient à lutter contre l'incendie.

De retour au palais, Alex se traîna jusqu'au lit de Gabriel, pour y tomber, toute habillée. Elle regarda avec inquiétude son compagnon, tendu, muré dans sa souffrance, qui ne semblait plus ni la voir, ni l'entendre.

« Tu te rends compte, ça fait seize jours que je n'ai pas couché dans un lit... fit-elle avec un rire qui sonnait faux. Mais, c'est que c'est confortable !... »

Puis elle se tut, se rendant compte tout à coup qu'elle ne parlait que pour meubler le lourd silence qui les séparait.

Gabriel demeurait planté, sale et inerte. Ses yeux si bleus dans son visage couvert de suie fixaient la fenêtre où le ciel rougeoyait toujours dans la nuit noire.

Son désarroi serrait le cœur d'Alex et l'émouvait plus qu'elle ne voulait l'admettre. Mais elle avait beau chercher les mots de consolation qui auraient pu apaiser Gabriel, elle ne les trouvait pas. Maudits mots qui se bousculaient dans sa tête, et qui ne voulaient pas sortir !

« Allez, viens te coucher, fit-elle doucement, nous sommes fatigués.

— Tu dois me trouver stupide, n'est-ce pas, de faire tant d'histoires pour des livres ?...

— Non, avoua-t-elle en prenant sa main pour le tirer vers le lit. Ne te sens pas coupable, nous avons fait ce qu'il fallait... Viens. »

Il finit par s'allonger, comme à contrecœur. Alors, sans plus réfléchir, Alex le prit contre elle. Elle le serra, la tête contre sa poitrine. Elle le berça dans ses bras avec des gestes tendres, parlant avec son corps bien mieux qu'avec des mots, et il la laissa faire.

17

La colère de Cléopâtre

Lysias en resta bouche bée. Malgré cette couche de fumée sur son visage, il reconnaissait très bien la reine ! La reine dans le lit de Gaïos ? Endormis tous les deux, membres et souffles mêlés, cheveux épars, comme deux amants…

Le consul n'allait pas être content, s'il l'apprenait… Il risquait fort de se venger sur le personnel qui n'avait pas su le prévenir de son infortune ! On racontait qu'en Gaule, César avait fait trancher les mains et les pieds de milliers de prisonniers…

« Hiiiiii !!! fit l'eunuque de sa voix de fille, on m'a assez coupé de choses comme ça ! »

Le cri réveilla Gabriel et Alex en sursaut.

« Pardon, divine Cléopâtre… s'excusa Lysias en se jetant à genoux.

— Qui est-ce ? bâilla Alex.

— Juste Lysias, répondit Gabriel qui faisait déjà mine de se rendormir, le comptable du gynécée.

— Divine Cléopâtre… Je ne dirai rien, je te le jure… D'ailleurs je te comprends… Entre un demi-Grec, jeune et beau comme Dionysos et Adonis réunis, et ce vieux barbare romain chauve, moi non plus je n'aurais pas hésité…

— Je ne suis pas Cléopâtre.

— Bien sûr, ô ma reine, renchérit Lysias en se courbant d'un air servile. Je venais apprendre à Gaïos qu'Arsinoé, ta sœur, s'était enfuie avec Ganymède dans le camp d'Achillas. »

Gabriel et Alex se regardèrent en coin. Les événements évoluaient dans le bon sens.

« Pothin est son complice, c'est sûr… Elle va sûrement se faire proclamer reine à ta place !

— Je ne suis pas Cléopâtre, répéta Alex en se levant.

— Naturellement... Veux-tu que je t'aide à te laver et à t'habiller? Tu as triste figure, si je puis me permettre. Eh bien, s'étonna Lysias, c'est curieux, on dirait que tu as grandi depuis hier... Par les dieux! C'est vrai que tu n'es pas la reine!

— Puisque je te le dis! Relève-toi, et puisque tu me le proposes, va donc me chercher de quoi me laver et m'habiller, demanda Alex. Il faut apprendre cette nouvelle à Cléopâtre. »

« Sauvage, barbare. Ma Bibliothèque, ma belle Bibliothèque! »

Gabriel, Alex et Lysias s'arrêtèrent net. Dans la pièce contiguë, la reine hurlait. Elle hurlait si fort que nul dans le palais ne devait ignorer son courroux. Hirtius, le secrétaire de César, s'approcha d'eux pour souffler à Gabriel.

« Ça va mal. Inutile d'aller raser César ce matin, il est de mauvaise humeur. La reine non plus n'est pas contente, pas contente du tout... »

Le reste de la phrase se perdit dans un bruit de vaisselle cassée, suivi de la chute bruit de vaisselle cassée, suivi de la chute d'un objet, puis d'un chapelet de jurons guère féminins.

« Ce que ma famille a mis plus de deux siècles à bâtir, s'écria Cléopâtre, des sanglots dans la voix, le travail de milliers de copistes, l'orgueil de mon peuple, tu l'as détruit en un instant, monstre !

— C'est la faute du vent... tenta d'expliquer César. Lorsque j'ai appris la nouvelle, il était trop tard pour y envoyer des hommes.

— Vous, les Romains, hurla de plus belle la reine, vous n'êtes bons qu'à faire la guerre ! Barbares incultes ! Toute la philosophie de votre pays se résume aux glaives de vos soldats ! »

Lysias, en bon Grec, se rengorgea aussitôt :

« Et toc, ça c'est envoyé ! »

Cependant, il préféra se taire dès qu'il remarqua les sourcils froncés d'Hirtius, vexé. Gabriel profita d'une accalmie pour glisser :

« Nous avons des nouvelles importantes. »

Mais Hirtius regardait Alex avec effarement :

« Alors c'est toi, Alexandra ? demanda-t-il. Gaïos m'avait dit que tu ressemblais à la reine, mais à ce point, c'est incroyable ! Il paraît que vous vous êtes fait remarquer à la Bibliothèque cette nuit, et que Démétrios est mort ?

— Oui, il paraît, répondit Gabriel de mauvaise grâce. Et il paraît que vous avez laissé fuir Arsinoé et Ganymède ? poursuivit-il mine de rien.

— Oui, il paraît, fit Hirtius sur le même ton.

— Tu sais sans doute qu'Arsinoé va se proclamer reine à la place de Cléopâtre...

— En fait, cela nous arrange...

— Tu perds l'esprit ! s'indigna Lysias.

— Pas du tout, expliqua Hirtius. César espère que les rebelles vont se manger entre eux. Ganymède vise le pouvoir au travers d'Arsinoé, et Achillas refusera de lâcher la tête de l'armée, au nom de Ptolémée. L'un des deux devrait sous peu régler son compte à l'autre. Comme nous avons Pothin à l'œil, nous serons bientôt débarrassés des conseillers. »

Mais voilà que César sortait de chez Cléopâtre à grands pas, la mine sombre.

« Suis-moi, Hirtius, lança-t-il au passage, j'ai du courrier à te dicter. Tu vas m'acheter tous les papyrus que tu trouveras. Fais-les voler s'il le faut ! Je veux que l'on reconstitue cette fichue bibliothèque au plus vite. Toi aussi, Gaïos, nous avons à parler de tes exploits de cette nuit. »

Hirtius et Gabriel lui emboîtèrent le pas sans discuter. Alex en resta bouche bée. C'était donc Jules César, ce bonhomme petit, sec et presque chauve ? Il se dégageait de lui un air si autoritaire que la jeune fille en avait froid dans le dos.

« Allons voir la reine, fit Lysias, elle aura besoin de compagnie après ce que lui a fait ce barbare... Quelle plaie, ces Romains ! Enfin, soupira-t-il, heureusement qu'ils sont nos alliés. »

Cléopâtre se tenait assise, comme prostrée, le front dans la paume de sa main. Elle n'avait plus rien d'une bergère du désert avec ses cheveux enfermés dans une résille dorée et son péplos de soie aux plis harmonieux. Des bracelets d'or ornaient ses poignets, et à ses oreilles pendaient des émeraudes et des perles.

Un décor somptueux l'entourait. Les murs étaient lambrissés de marbre, d'onyx et de lapis-lazuli, tandis que sur le sol jouaient des enfants en mosaïque. Un lit de bronze et de bois doré occupait le centre de la pièce encore embellie par de délicates statuettes.

La chambre s'ouvrait sur une terrasse surplombant la mer. On distinguait au loin le Phare et… bon nombre d'épaves carbonisées qui surnageaient dans le port.

Tandis que deux servantes s'affairaient à ranger la pièce, un petit esclave noir remontait sur leurs colonnes les statuettes de bronze que Cléopâtre, dans sa rage, n'avait pas épargnées.

« Cléo ? fit doucement Alex.

— Ah, te revoilà, toi ! lança Cléopâtre en levant son nez rougi par les pleurs. Tu arrives toujours avec les catastrophes ! La dernière fois, on m'annonçait la mort de Pompée, et aujourd'hui, c'est la moitié de ma Bibliothèque qui a brûlé !

— Seulement la moitié ? s'étonna Alex avec un rire soulagé. Mais c'est magnifique !

— Apollodore m'a dit que tu ne cessais de répéter qu'il fallait qu'elle brûle ! s'écria Cléopâtre. Vous avez laissé mes livres brûler, exprès !

— Exprès… c'est beaucoup dire, balbutia Alex en cherchant une excuse. Gaïos en a même sauvé tout un tas. De toute façon, ne pleure plus, ton Jules va t'en acheter plein, des livres.

— Mes bateaux et mes livres brûlaient, s'indigna la reine, et pendant ce temps, les Romains protégeaient leurs propres navires de l'incendie ! Lysias, ordonna-t-elle à l'eunuque qui se tenait rigide, les yeux fixés au sol. Va me chercher l'épistolographe et l'archidicaste[1]. Ma douce colombe de sœur s'est envolée, il me faut l'empêcher de se faire proclamer reine à ma place ! Ce palais est une vraie passoire !

— Divine Cléopâtre, osa Lysias, c'est la faute de Pothin... Le palais n'a aucun secret pour lui. On raconte qu'il reçoit des espions... »

Cléopâtre le toisa, rouge de colère, ce qui fit perdre toute contenance à l'eunuque :

« Pourquoi ne pas l'avoir dit plus tôt ? s'écria-t-elle. Alors que nous cherchons depuis des jours un prétexte pour nous débarrasser de lui ?

— Mais, s'excusa Lysias, la voix tremblante de peur, je ne suis que l'humble comp-

1. L'équivalent de nos chanceliers et ministre de la Justice.

table de ton gynécée, un modeste serviteur parmi d'autres...

— Cesse de pleurnicher. Ou tu deviendras l'humble esclave de la plus humble de mes mines ! Si tu sais des choses, tu dois me les dire. »

Lysias déglutit péniblement, puis il avoua :

« Certains eunuques disent que Pothin a fait creuser un passage dans le mur d'enceinte. Chaque jour, des hommes d'Achillas viennent avec du courrier, et repartent avec des ordres.

— Parfait, fit Cléopâtre avec un sourire rusé. Tu surveilleras Pothin, et si tu me rapportes des preuves de sa trahison, peut-être te trouverai-je un poste plus attrayant qu'au gynécée... »

Les yeux de Lysias se mirent à briller : c'était l'occasion rêvée pour avoir de l'avancement ! Il se voyait déjà au *Basilikon*, avec une broche d'or qui lui donnerait le droit de côtoyer la reine, non plus comme un serviteur, mais comme un « assimilé aux amis du roi » ! C'est la mine fière qu'il se dirigea vers la sortie.

« Ne peut-on brûler des aromates, hurla

tout à coup Cléopâtre, je hais cette odeur de cendres ! »

Les servantes s'activèrent, mêlant huiles et racines odorantes dans un brûle-parfum qu'elles allumèrent en toute hâte. Une senteur lourde se diffusa, sans pour autant couvrir celle de la fumée.

« Nous sommes assiégés ! lança Cléopâtre d'une voix sourde. Chaque jour l'étau se resserre. Nous rehaussons les murs d'enceinte pour nous protéger, et les Alexandrins construisent des tours plus hautes encore, jusqu'à dix étages, pour nous harceler de leurs flèches. Nous mettons leurs tours par terre, ils en font d'autres...

— Tu devrais être fière du courage de ton peuple, hasarda Alex.

— Pas quand il se bat contre moi ! Ne comprennent-ils pas que je suis la seule capable, dans cette famille, à pouvoir diriger l'Égypte ? Nous possédons le pays le plus riche du monde, mais as-tu vu dans quel état sont les campagnes ? Depuis trente ans rien n'a été fait. Mon père n'a su, durant son règne, que s'enivrer et jouer de la flûte. Les digues tombent en ruine, les paysans croulent sous les impôts, les fonctionnaires volent. Le peuple doit-il supporter tous ces malheurs pour que les conseillers de mon frère puissent assouvir leur soif de pouvoir? »

Cléopâtre se leva, l'air farouche, et poursuivit :

« Non, je le refuse! Les Grecs méprisent les Égyptiens, et les Égyptiens se révoltent... Nous sommes pourtant un seul peuple. Même nos dieux finissent par se ressembler. Zeus et Sérapis se confondent, Hermès et Thot sont frères...

« Je suis habile en diplomatie, experte en commerce. Je saurai faire un havre de paix de cette terre, si l'on m'en donne les moyens! »

Cléopâtre se tut, le souffle court, et Alex baissa le nez. Après un long silence, la reine observa les tessons des poteries qu'elle avait cassées et avoua d'un air boudeur :

« Par les dieux, j'ai honte de moi! As-tu entendu comme j'ai traité César? Il a dû me prendre pour une Harpie! Veux-tu que je te dise? soupira-t-elle, je l'aime, mon vieux Romain... Que vais-je faire pour me faire pardonner? Et... si je lui offrais un symposion, un vrai symposion grec, avec des musiciens, des danseuses et de joyeux convives? Cela pourrait l'amuser, non?

pourrait l'amuser, non?

— Un symposion? » répéta Alex avec une grimace. Elle savait que c'était un banquet, mais le mot signifiait aussi « réunion de buveurs », ce qui ne présageait rien de bien intéressant.

« Où trouveras-tu de quoi faire un symposion, s'étonna-t-elle, puisque nous sommes assiégés? »

Cléopâtre, ravie de sa trouvaille, s'esclaffa :

« Nous tenons le port, les bateaux y accostent toujours. Nous pouvons avoir les mets les plus rares et les vins les plus capiteux. J'ai parmi mes esclaves plus de danseuses, de jongleurs et de musiciens qu'il n'en faut. Nous allons organiser une fête, une grande fête, digne de Dionysos, pour oublier cette guerre stupide! »

18

Pothin joue et perd !

Lysias arriva en courant, son estomac rebondi montant et redescendant au rythme de sa course.

« Ça y est ! cria-t-il à Alex et à Gabriel d'une voix aiguë et poussive, j'ai la preuve. Pothin rencontre un espion. Venez vite, je veux des témoins. »

Gabriel posa le calame, le roseau taillé en pointe avec lequel il écrivait, reboucha en toute hâte l'encrier, avant de ranger son papyrus dans son étui. Depuis quelques jours, il tenait un journal. Par précaution, il ne s'en séparait jamais, de peur de repartir vers le futur en laissant ce témoignage derrière lui.

L'eunuque, piaffant d'impatience, gagna la porte. Tout en trottinant devant eux, il leur dit de sa voix de fille par-dessus son épaule :

« Je viens d'apprendre qu'Achillas était mort. Arsinoé a ordonné qu'on l'exécute, car il refusait de la proclamer reine. Maintenant, c'est son eunuque Ganymède qui mène les rebelles... César avait raison, ils se sont mangés entre eux !

— Où se trouve Pothin ?

— Ce démon a fait creuser un passage derrière le temple d'Isis, dans les rochers qui surplombent la mer. Il fait mine d'aller au temple, le soir venu, mais en réalité il y rencontre ses espions qui viennent en barque en suivant la côte. Ils se font passer pour des pêcheurs, et le tour est joué. »

Lysias les entraîna le long de l'enceinte du temple jusqu'à l'angle du mur. On entendait le ressac de l'eau toute proche. L'eunuque mit un doigt sur sa bouche et se glissa à pas de loup entre les rochers.

« Je t'avais dit de ne pas laisser fuir Ganymède ! hurla une voix courroucée de l'autre côté d'une haute roche. Je t'avais dit qu'il ferait tuer Achillas ! Achillas mort, comment ferons-nous, sans général, pour diriger l'armée contre César ?

— Je me moque de tes augures, répliqua Pothin. De toute façon, j'ai décidé d'assassiner César. La reine organise un symposion ce soir, je ferai verser du poison dans sa coupe…

— Si tu commets cette erreur, fit l'autre avec colère, c'est ton arrêt de mort que tu signes ! »

Cette voix ! Gabriel la reconnaissait… Elle avait cet étrange accent, le même que le sien et celui d'Alex… Herbert ? Impossible, il était mort !

« En voilà assez ! jeta Pothin. J'agirai comme bon me semble ! Quant à toi, Démétrios, retourne voir cette vipère de Ganymède et dis-lui bien que c'est moi qui dirige les opérations. Arsinoé n'est pas plus reine que Cléopâtre. Le seul vrai roi d'Égypte est mon protégé, Ptolémée. »

La discussion s'arrêta net et, la seconde suivante, les pas s'éloignèrent. Lysias souffla :

« N'était-ce pas Démétrios ? Je le croyais mort !

— Je cours prévenir César, lui dit Gabriel.

— Explique-lui bien, fit Lysias en se frottant les mains, que c'est moi qui ai tout découvert… Dis-lui aussi, insista fébrilement l'eunuque, que j'ai toujours rêvé d'un poste au *Basilikon*… »

Alex et Gabriel se tenaient serrés à l'entrée du couloir de service. Dans la grande salle de réception, une vingtaine de convives prenaient place sur les banquettes.

Ils s'allongeaient sur le côté, en s'appuyant sur un coude, tandis que de jeunes esclaves passaient entre eux pour les déchausser et les couronner de fleurs et de feuillage.

Par tradition, les femmes et les enfants libres ne participaient pas aux symposions. On y invitait, en revanche, les hétaïres, des courtisanes qui ornaient de leur beauté et des charmes de leur conversation ces soirées entre hommes.

Pourtant Cléopâtre avait tenu à être présente. Elle n'était pas couchée, comme les hommes, mais assise dans un fauteuil. Pour donner plus d'attrait au symposion, elle avait convié quelques dames de la noblesse vivant au palais, qu'elle avait choisies parmi ses « amis du roi ».

Bien sûr, la reine avait offert à César la place d'honneur, à sa droite, alors que la couche de gauche, celle du roi Ptolémée, demeurait vide.

Pour l'instant, quelques nobles tribuns et quelques centurions, l'air gauche et emprunté, se passaient de l'un à l'autre le *propoma*, une coupe de vin que l'on goûtait avant de commencer à manger. Sans doute auraient-ils été plus à l'aise sur un champ de bataille que dans cette salle d'un luxe étourdissant, aux murs de marbre décorés d'or et de pierres précieuses, aux lampes de bronze, et aux sols couverts de mosaïques si belles que l'on osait à peine marcher dessus!

« Celui qui boit, commenta Gabriel, c'est Tibérius Néro, le père du futur empereur Tibère.

— Tu veux parler du Tibère qui a fini son règne dans un bain de sang? s'étonna Alex. Imagine un peu, plaisanta-t-elle, on zigouille le père, et couic, adieu le méchant empereur Tibère! »

Calme et indifférent à tout, l'eunuque Pothin suivait les officiers romains du regard, pendant que les esclaves posaient près de chaque convive de petits trépieds garnis de mets divers.

« Le roi n'a pas osé venir, constata Alex.

— Mon frère boude chez ses femmes, fit une voix fluette dans l'ombre. Quant à Pothin, ce gros pet d'hippopotame, il surveille les barbares pour qu'ils ne volent pas la vaisselle en partant... »

Le prince Ptolémée, le cadet de la famille, était venu se placer près d'eux sans qu'ils s'en aperçoivent. Il se tenait accroupi, les mains autour de ses genoux cagneux. Ses yeux, d'ordinaire si tristes, brillaient de malice. Alex alla se pencher vers lui :

« Pet d'hippopotame? répéta-t-elle en riant. Dis donc, P'tit Pto, qui t'a appris ce vocabulaire?

— Mes eunuques... Et puis, ne m'appelle pas P'tit Pto, je suis le prince Ptolémée, le futur roi de Chypre!

— Et pourquoi pas? s'étonna Alex. D'abord, je m'y perds, moi, dans votre famille, avec tous ces Ptolémée! Que fais-tu ici, prince? Où sont tes eunuques? »

L'enfant haussa ses épaules maigres :

« J'ai fait un cauchemar, alors j'ai appelé mes nourriciers. Mais ils avaient disparu de mes appartements. Alors je suis parti me promener… »

Dans un coin de la pièce, les harpistes, vêtues de robes transparentes, entamèrent une douce mélopée. Les convives, comme s'ils attendaient ce signal, plongèrent leurs doigts dans les plats posés près d'eux pour manger.

Puis, des danseuses firent leur entrée, suivies de jongleurs et d'acrobates. Trois adolescents fins et élancés, deux flûtistes et un joueur de lyre, les accompagnaient.

« Mais, s'indigna Alex en rougissant, ils sont tout nus !

— Évidemment, répliqua l'enfant en riant. Pourquoi voudrais-tu qu'ils soient habillés ? Quelle drôle d'idée ! Ils sont beaux, n'est-ce pas ? Ma sœur les a achetés une fortune. »

Au centre de la salle, les acrobates aux corps poudrés d'or se contorsionnaient habilement et les jongleurs lançaient cerceaux et torches enflammées sous les yeux ravis des convives. C'est alors que Lysias vint taper sur l'épaule de Gabriel :

« Nous avons surpris un homme en train

de mettre du poison dans le vin de la libation… Tu peux prévenir le consul. »

Gabriel acquiesça. Il s'approcha de César, de son air impassible, pour lui glisser quelques mots à l'oreille. L'enfant, qui avait entendu Lysias, posait sur eux un regard intrigué. Afin de détourner son attention, Alex le prit par les épaules pour lui débiter d'une traite :

« Pince-mi et Pince-moi sont dans un bateau…

— Celle-là, fit le prince, les bâtisseurs de pyramides se la racontaient déjà il y a deux mille ans ! Est-ce que tu as déjà vu des pyramides ?

— Bien sûr… Chez moi, il y en a une tout en verre…

— Tu mens ! Cela n'existe pas !

— Si, c'est vrai ! Dans la ville où je vis, il y a un musée avec une pyramide en verre. Tiens, nous avons même un obélisque, un vrai, en pierre, au centre d'une place. Le soir, les… chars tournent autour… Si tu veux traverser, c'est l'enfer !

— Ah bon ? C'est une cérémonie religieuse ?

— Non… c'est la sortie des bureaux. Et,

au bord du fleuve, il y a la tour Eiffel… Imagine une tour en fer en forme de pyramide et d'obélisque…

— Ce doit être beau. Plus tard, je voudrais être roi-architecte. Je construirais des temples. »

L'esclave portant la coupe de la libation déposa le vin devant Cléopâtre. Le visage de César ne trahissait pas la moindre émotion, si ce n'est un fin sourire qu'il adressa à la reine.

« Allez, file maintenant, P'tit Pto, ordonna doucement Alex qui ne voulait pas que l'enfant assiste à l'arrestation de Pothin. Si tu ne retournes pas te coucher, ajouta-t-elle avec des airs de croque-mitaine, je te mange tout cru…

— Dis, tu viendras me voir demain? demanda-t-il en décampant. J'aime bien tes histoires! »

Gabriel vint reprendre sa place près d'Alex pour regarder, sans un mot, les serviteurs débarrasser les tables. Une fois les convives rassasiés, le symposion proprement dit pouvait commencer. Cléopâtre se leva pour annoncer :

« Nous allons désigner le symposiarque,

le roi de cette soirée. Il fera le mélange du vin, de l'eau et des aromates, et dira le nombre de coupes que chacun devra boire. Il choisira aussi les sujets de conversations et mènera les débats. Mes amis, gare aux mauvais buveurs, ou le symposiarque leur donnera des gages ! »

Quelques dames se mirent à pouffer, imaginant sans doute les officiers romains obligés de faire le tour de la salle à cloche-pied avec l'une d'elles sur leur dos, ou Pothin marchant sur les mains !

« César, fit alors Pothin, nous votons pour toi.

— Oui, César, sois notre symposiarque », reprirent ses officiers en applaudissant.

Le consul se leva, flatté. D'un geste de la main, il demanda le silence, avant de lancer gaiement :

« Entendu. Mais auparavant, il convient d'honorer Dionysos, le dieu du vin et de l'éloquence. »

Il se saisit de la coupe pour faire la traditionnelle libation, puis sembla se raviser.

« Non, ce sera notre grand et fidèle ami Pothin qui remerciera le dieu. Pothin, à toi d'offrir cette libation à Dionysos…

— Je n'en ferai rien, refusa Pothin avec un sourire figé, cet honneur te revient…

— Que crains-tu ? s'obstina César en lui mettant la coupe sous le nez.

— Rien… J'en suis indigne, s'étrangla Pothin.

— Regarde, j'en répands quelques gouttes sur le sol, la libation est faite. En tant que roi de la soirée, j'ordonne donc que tu boives ce vin. »

Les yeux maquillés de l'eunuque jetèrent un regard traqué vers les hautes portes gardées.

« Je me sens las, fit-il nerveusement en s'épongeant le front, je souhaite me retirer.

— Alors, je bois à ta place. »

Sous les yeux de Pothin, pâlissant et rougissant tour à tour, le consul leva la coupe et y but à grands traits avant de la reposer d'un geste brusque sur un trépied de bronze.

« Ce vin est délicieux, fit-il hypocritement, mais j'y sens comme… un arrière-goût… de quoi donc, Pothin ? Pourrais-tu me le dire ? Je crois effectivement, ajouta-t-il, qu'il serait plus sage que tu te retires. D'ailleurs mes gardes se feront une joie de te raccompagner. »

Pothin, comprenant qu'il était découvert, se leva en tremblant tandis que les serviteurs s'agenouillaient pour lui remettre ses sandales. Il se dirigea vers la porte, qui s'ouvrit sur un peloton de légionnaires en armes, tout prêt à l'accueillir.

« Gloire à Dionysos et aux dieux tout-puissants ! lança César. Eh bien, mes amis, discourrons-nous de la vanité du pouvoir, ou de la beauté des femmes qui réjouit notre vue ?

— Les femmes, les femmes ! » hurlèrent les convives en chœur en levant leur coupe.

Le lendemain à l'aube, Pothin, convaincu de trahison et de tentative d'assassinat, fut exécuté dans sa prison. Certains historiens de l'Antiquité affirmèrent que César avait été prévenu du complot par son barbier.

19

La guerre d'Alexandrie

Le quinzième jour, ils attendirent en vain le départ. Enfin, le vingtième, à midi, le bip avait retenti… un bip faible et irrégulier, et rien ne se passa. Le rendez-vous était manqué.

« Qu'allons-nous devenir si nous restons définitivement ici ? demanda anxieusement Alex.

— Il faudra nous organiser, soupira Gabriel. Après la guerre, nous pourrions partir pour Rome.

— À condition qu'on la gagne, la guerre… Herbert est toujours en vie et il connaît l'avenir. En ce moment, il doit donner de bons conseils à Ganymède sur la manière de vaincre César. »

Gabriel et Alex voyaient le temps filer. Leur espoir de retrouver leur époque diminuait de jour en jour, tandis que l'abominable idée que la machine à voyager dans le temps n'existait plus leur emplissait l'esprit.

Quatre mois passèrent. Quatre mois de combats de rue pour prendre, puis perdre, puis reprendre le terrain perdu. Quatre mois à reconstruire à la hâte les murailles tombées sous les boulets de pierre des catapultes ennemies, à tenir les positions les plus faibles, retranchés dans les tortues[1]. Quatre mois à défendre le port, avec la crainte de voir les Alexandrins boucher la seule issue de secours des Romains !

Un beau matin, on découvrit que Ganymède avait empoisonné les citernes d'eau. Les légionnaires manquèrent se révolter : quelle était donc cette guerre, s'écriaient-ils, où l'on attendait, terrés comme des lâches, pendant que l'*imperator* prenait du bon

---

1. Baraque en bois blindée, armée d'un bélier et montée sur roues. La tortue était aussi une manœuvre où les fantassins se protégeaient de leurs boucliers serrés au-dessus des têtes, comme d'une carapace, pour monter à l'assaut.

temps avec la reine ? Allait-on mourir pour les beaux yeux de cette sorcière égyptienne ? Pourquoi ne pas s'embarquer sur les navires et rentrer à Rome ?

César dut calmer ses troupes, puis il fit creuser des puits. Par chance, on trouva de l'eau du premier coup.

Peu après se produisit un étrange incident. Gabriel se rendait aux cuisines, comme chaque matin, pour y chercher son petit déjeuner, lorsque, comme il passait le long d'un bâtiment, une vasque de pierre tomba d'un balcon.

Il ne dut son salut qu'à la vivacité d'Alex qui, apercevant une étrange silhouette déplacer le pot, n'avait eu que le temps de repousser Gabriel avant que la vasque se fracasse à ses pieds.

« Si je retrouve ce serviteur, pesta Gabriel, il va m'entendre. Il aurait pu tuer quelqu'un !

— Ce n'était pas un serviteur, fit Alex d'une voix angoissée, j'ai vu l'ombre d'un homme couvert d'un himation marron qui s'enfuyait. Je l'ai vu déplacer la vasque ! C'était prémédité !

— Voyons, Alex, tenta-t-il de la raisonner, Pothin est mort, ses partisans ont tous fui dans le camp des rebelles, qui donc pourrait m'en vouloir? »

Un nom lui démangeait les lèvres, mais Alex ne le prononça pas.

Quelques jours plus tard, ils oublièrent l'incident. En effet, une folle euphorie avait gagné le camp, tandis que l'on se répétait la nouvelle : les renforts arrivaient!

Une partie de la 37ᵉ légion abordait par mer, avec du blé, des hommes et des machines de guerre. Mais on déchanta bien vite, car les renforts se révélaient insuffisants pour gagner la guerre.

Et puis un soir, Gabriel trouva sa chambre sens dessus dessous. Les coffres avaient été chamboulés, leur contenu éparpillé, le matelas éventré, jusqu'aux coussins que l'on avait vidés avec acharnement!

« Que pouvait-on chercher? s'étonna Gabriel. Je ne possède pas d'objet de valeur.

— Je suis sûre qu'on nous surveille! répliqua Alex. J'ai remarqué à diverses reprises l'ombre à l'himation marron. Crois-tu que ce soit Herbert?

— Pourquoi se risquerait-il dans le palais, alors qu'il est à l'abri chez les rebelles? »

Cléopâtre, alertée, proposa qu'on interrogeât les esclaves, mais Gabriel refusa. Il savait que lorsque les aveux des esclaves tardaient à venir, les interrogatoires se terminaient souvent dans une chambre de torture. Le jeune homme refusait d'en arriver à une telle extrémité pour quelques coussins éventrés.

Et la guerre continua… Il s'en fallut de peu que l'*imperator* lui-même y laisse la vie.

En effet, César décida de prendre l'île de Pharos afin de s'assurer la maîtrise du port. Par la même occasion, ses soldats pourraient y piller les riches maisons. Ses légionnaires, trop longtemps enfermés, avaient besoin de se défouler. Les augures des prêtres étaient bons, dix cohortes[1] partirent donc la joie au cœur.

Mais, les Romains à peine débarqués, voilà que les Alexandrins, surgis du port d'Eunoste sur de vieux rafiots rafistolés, vinrent leur barrer le passage avec une folle témérité.

Les hommes de Ganymède semblaient partout à la fois, attaquant en masse. Les Romains, pris en tenaille entre mer et île, n'eurent plus qu'à fuir.

---

1. À l'époque de Jules César, une légion comptait 10 cohortes de 600 hommes, divisées en 3 manipules, elles-mêmes divisées en 2 centuries. Chaque légion était sous l'autorité de 6 tribuns. Les centuries étaient dirigées par des centurions.

César ordonna la retraite. Il sauta en toute hâte sur une barque, qui, sous le poids des hommes en trop grand nombre, se retourna. On vit cette chose incroyable : le consul et *imperator* de Rome nageant au travers du port pour regagner sa galère ! Les flèches et les javelots ennemis pleuvaient autour de lui. Son manteau rouge le désignait comme une cible par trop visible, Jules César s'en débarrassa.

Les hommes de Ganymède l'exhibèrent triomphalement, tandis que les Alexandrins, ivres de joie, étaient grimpés jusque sur le toit des maisons pour les acclamer.

La sortie à Pharos coûta la vie à quatre cents soldats romains et autant de rameurs.

Cléopâtre, qui suivait le combat du haut de sa terrasse, faillit mourir d'angoisse. Elle était enceinte, la divine Cléopâtre. Elle crut son bien-aimé mort, et, avec lui, morts aussi ses espoirs de pouvoir. Elle accueillit son vieux Romain, trempé comme une soupe, tout à la fois en pleurant de joie et en le couvrant de réprimandes pour sa trop grande témérité. Quant à César, autant dire qu'il était vexé de cette défaite !

Alors, pour le détourner de ses idées noires, Cléopâtre organisa de grandes fêtes.

On s'étourdit dans le luxe, pour oublier la peur.

« Et si nous l'arrêtions, cette fichue guerre ? proposa Alex à Gabriel un beau matin.

— C'est impossible, tu le sais bien. Si nous voulons avoir une chance de rentrer, il faut que les événements restent ce qu'ils ont été. »

Le peuple grondait et hurlait des insultes qu'ils entendaient jusque dans le palais. Pour ne plus les entendre, Alex emmenait le petit Ptolémée dans les rochers au bord des flots.

À vrai dire, les eunuques n'étaient que trop contents de lui confier l'enfant. Ptolémée, chétif et trop terne, n'avait pas grand avenir. Les eunuques jugeaient sans doute inutile de perdre leur temps à se l'attacher.

Alex et Ptolémée jouaient aux dés, aux osselets ou au jeu du serpent, une sorte de jeu de l'oie. Elle lui racontait des histoires de machines volantes et de chars sans chevaux qui ravissaient le prince. Et Alex était ravie lorsque l'enfant si triste lui déclarait avec du soleil dans la voix :

« Et ta déesse à tête de chouette, comment s'appelle-t-elle déjà ?

— Mam'bergue !

— Tu dis qu'elle est méchante, moi je la trouve gentille, puisqu'elle a fait de toi mon amie. »

Alex, prise de fou rire, répondait :

« Tiens, puisque tu vas devenir roi-architecte, tu devrais lui élever une statue, je vais te la décrire pour qu'elle soit ressemblante... »

Gabriel, quant à lui, une fois son service auprès de César effectué, essayait de se rendre utile à la Bibliothèque. Les esclaves copistes et les savants s'étaient remis au travail, tentant de répertorier les cylindres détruits ou de restaurer ceux qui avaient été endommagés par l'incendie.

Leurs soirées, Alex et Gabriel les passaient ensemble. Une étrange complicité était née entre eux, faite de silences feutrés et de demi-confidences où ils se racontaient l'un l'autre, pudiquement, à mots couverts. Avec les confidences naissait la confiance, et avec la confiance l'amitié.

Ils étaient assiégés depuis deux mois, lorsque survint une curieuse aventure. Cléopâtre avait donné une chambre à Alex, non loin de celle de Gabriel. Elle se préparait pour la nuit lorsqu'elle remarqua une bosse sous la couverture du lit.

« Les servantes ont laissé traîner quelque chose... » fit-elle tout en peignant ses cheveux.

Son miroir de bronze, à la lueur de la lampe, ne lui renvoyait qu'une image floue. Elle le reposa et constata en se retournant que l'objet dans le lit avait changé de place.

Intriguée, elle tira la couverture. Un cri de terreur lui échappa. Là, sur le matelas, il y avait un serpent lové !

« Gabriel ! Au secours ! » hurla Alex.

La bête, dérangée par le bruit, se déploya paresseusement, la regarda de ses yeux dorés, puis descendit se cacher sous le lit. Fort heureusement, Gabriel arriva aussitôt.

« Un serpent ! Sous le lit ! »

Mais voilà que le serpent pointait son nez ! Son corps d'un beau vert ondulait sur le marbre. Sa tête triangulaire se relevait de temps en temps pour fixer le jeune homme.

Gabriel prit doucement le châle d'Alex. Il essayait d'en couvrir le serpent lorsque celui se dressa brusquement, avec une incroyable détente, pour attaquer. Gabriel fit un bond en arrière et échappa de peu aux crocs.

Son cœur battait à tout rompre tandis qu'il observait le serpent, de nouveau prêt à mordre. Alors, en tremblant, il jeta le tissu et parvint enfin à aveugler l'animal. Affolée, la bête se tordait convulsivement, ses crocs mordant le châle par saccades. Une peur irraisonnée saisit alors Gabriel. Il frappa du talon l'animal entortillé et frappa encore, jusqu'à ce qu'il ne bouge plus. Alex, soulagée, alla se jeter dans ses bras.

« Dis donc, constata Lysias le lendemain, le grand prêtre qui dirige le Musée ne va pas être content. Ce serpent appartient à une espèce très rare qu'il a fait acheter spécialement pour sa ménagerie. Très rare et très venimeuse…

— Des vasques qui tombent, des voleurs, et maintenant un serpent qui vient tout seul depuis la ménagerie jusque dans mon lit ! compta Alex.

— Oh, fit Lysias en haussant les épaules, c'est chose courante au palais de trouver dans son lit scorpions ou serpents… Prends garde à toi, tu as dû déplaire à quelqu'un. »

Mais les événements suivaient leur cours. On apprit que les renforts tant attendus de Syrie étaient à Péluse. Ils mirent encore deux

mois avant de parvenir aux abords d'Alexandrie.

En effet, plutôt que d'engager ses troupes dans les marécages du Nil, Mithridate de Pergame, le commandant, avait jugé plus prudent de contourner le Delta. Cela ne se fit pas sans mal, car il dut livrer bataille à maintes reprises aux partisans du roi qui tentaient de lui barrer la route.

Les renforts progressaient lentement, mais ils arrivaient. Aussi, César et Cléopâtre, sentant la victoire proche, décidèrent-ils d'en finir avec Ptolémée. César le convoqua pour lui dire hypocritement :

« Les dieux sont témoins que je t'aime comme un fils, mais tes partisans me reprochent de te garder prisonnier et ne cessent de te réclamer. Il est temps que tu les rejoignes. Tu vas ainsi pouvoir prendre la tête de ton armée. »

Ptolémée regarda le Romain avec étonnement. Puis il vit le sourire narquois de Cléopâtre, et flaira le piège. Les larmes aux yeux, il accusa :

« C'est donc cela ! Tes renforts arrivent, mon armée est perdue, et tu m'envoies à la mort... Je ne veux pas partir, supplia-t-il. Moi aussi, je t'aime comme un père... Pitié, ne me renvoie pas !

— Ô roi, vas-tu laisser Ganymède, un eunuque, commander à ta place? s'étonna César.

— Allons, fit ironiquement Cléopâtre, arrête donc de pleurer, fils de Rê, Horus vivant, seigneur des Deux Terres ! Prends tes armes, mets ta cuirasse, et va te battre pour ton trône ! »

Les légions de César, soudées et expérimentées, balayaient tout sur leur passage. L'armée du roi, repoussée vers les marécages du Nil, faisait front avec l'énergie du désespoir.

Dans un sursaut d'orgueil, Ptolémée avait cessé de pleurer. Mais, même s'il se montrait finalement d'un grand courage, le jeune garçon ne possédait pas les qualités d'un général pour mener ses hommes au combat. En cette bataille décisive, plus d'un mercenaire avait compris que la partie était perdue.

Au soir du second jour, vingt mille partisans du roi étaient morts et douze mille s'étaient rendus. César, vainqueur, rentra à Alexandrie en maître. Les Alexandrins, terrifiés à l'idée de la vengeance du Romain, revêtirent des habits de deuil et allèrent se prosterner sur son passage.

Peu après, Apollodore se présenta à Cléopâtre pour lui dire d'un air faussement désolé :

« Ton époux est parmi les morts, ô ma reine !

— Par Osiris, quel malheur ! répondit Cléopâtre avec un petit rire. En es-tu sûr ? »

Pour preuve, le Sicilien jeta à ses pieds la cuirasse d'or de Ptolémée.

« Notre roi était dans les marécages, expliqua-t-il. Par malchance, la barque s'est retournée. Ton frère a coulé à pic, entraîné par le poids de sa cuirasse. Personne n'a songé à le secourir... Le fleuve a rejeté son corps. Il n'était pas beau à voir, malgré tout l'or dont il était couvert !

— Alors, me voilà veuve ? sourit Cléopâtre en caressant son ventre qui s'arrondissait. Me voilà veuve, et maîtresse de l'Égypte ! Cette pauvre larve de Ptolémée est allée s'asseoir parmi les dieux. Qui donc vais-je épouser à sa place ? »

Alex et Gabriel apprirent la nouvelle par

Lysias. Le jeune eunuque avait été nommé depuis peu « contrôleur auprès du directeur des comptes des recettes extraordinaires », place éminente où il pouvait exercer ses talents de comptable.

« César a ramené Ganymède et Arsinoé enchaînés comme de vulgaires malfaiteurs.

— Et Démétrios ? demanda Gabriel.

— Des eunuques l'ont vu rôder dans le palais. Il paraît qu'il est méconnaissable depuis l'incendie... Allez donc voir Hirtius, il doit en savoir plus. »

Alex et Gabriel se rendaient chez le secrétaire de César lorsqu'ils trouvèrent le prince Ptolémée roulé en boule dans un recoin du couloir. Du bout du doigt, l'enfant s'acharnait à gratter quelques dés de la mosaïque qui couvrait le sol, comme pour vouloir les arracher.

Tous étaient si pressés de féliciter César et Cléopâtre de leur victoire, qu'on avait, une fois encore, négligé le prince.

« P'tit Pto ? l'appela Alex, inquiète, en s'accroupissant près de lui. Que fais-tu là ? »

Ptolémée, croyant voir sa sœur, sembla pris de panique, puis reconnaissant Alex, il retrouva un semblant de calme.

« C'est fini, chuchota-t-il. Cléopâtre a tué notre frère, maintenant, cela va être mon tour...

— Pourquoi dis-tu une chose pareille? demanda Alex en posant une main apaisante sur son épaule. C'était un accident, il est mort noyé.

— Penses-tu que je sois assez naïf pour le croire? fit amèrement le jeune prince. Mon frère mort, c'est moi que Cléopâtre doit épouser. C'est la loi. Mais si j'étais mort, elle pourrait épouser César et légitimer l'enfant qu'elle attend... »

Alex le regarda avec pitié. Ptolémée avait raison, il ne tarderait pas à devenir une gêne pour la reine. Pourtant, ce petit être ne devait laisser aucune trace dans la mémoire des hommes. Son court règne le désignerait tout juste comme Ptolémée XIV l'Enfant.

Oui, Alex avait pitié. Elle glissa la main à son poignet pour en ôter le second bracelet.

« Non! s'écria Gabriel. Nous ne devons pas!

— Quelle importance pour l'Histoire qu'il vive ou qu'il meure? Nous ne retrouverons sans doute jamais Herbert. Que Pto prenne son bracelet, et si, par miracle, nous parvenions à repartir, je veux l'emmener avec nous. De toute façon, il doit bientôt disparaître… Quand déjà ?

— Juillet 44 avant Jésus-Christ, dans trois ans.

— Disparaître ? s'étonna l'enfant. De quoi parlez-vous donc ? Et puis, 44 avant quoi ?

— Heu… nous comptons les années à partir d'un événement très important pour notre peuple.

— Mais, fit l'enfant en fronçant les sourcils, comment pouvez-vous compter les années avant quelque chose qui ne s'est pas encore produit ?

— Ne cherche pas à comprendre, le coupa Alex, et écoute-moi attentivement. Dans trois ans…

— Non, s'interposa Gabriel.

— Si ! Laisse-lui une chance ! Écoute-moi, Pto, je connais le futur. Cléopâtre va t'empoisonner dans trois ans. Il te faudra fuir avant…

— Tu es folle ! s'écria Gabriel.

— S'il s'enfuit, s'il se cache, s'il change de vie pour devenir un être ordinaire, Cléopâtre n'aura pas à le faire tuer, et lui pourra vivre heureux. »

Les yeux d'Alex brillaient de l'espoir de sauver l'enfant, et Gabriel se sentit fléchir :

« D'accord. Écoute, Ptolémée, dans trois ans, tu vas aller à Rome avec ta sœur. Au retour, au début de l'été, il faudra disparaître, afin que l'on te croie mort. »

L'enfant les regarda avec une espèce de crainte superstitieuse. Il acquiesça et déclara :

« Si les dieux le veulent, je le ferai.

— Prépare ton départ, poursuivit Alex. Apprends les langues des autres peuples. Ainsi, tu pourras fuir à l'étranger… En seras-tu capable ?

— Oui, fit-il avec un pauvre sourire. Je ne veux pas mourir, et je ne veux pas être roi non plus. Un jour, je serai architecte. En remerciement, je vous élèverai une "touréfel", je le promets ! »

Devant le regard intrigué de Gabriel, Alex préféra couper court à la discussion :

« C'est bien, P'tit Pto. Retourne vite dans tes appartements avant que tes nourriciers ne te cherchent. Ne dis rien de ceci à quiconque. »

Elle regarda l'enfant partir sur ses jambes maigres, puis elle entraîna Gabriel en soupirant :

« Pourvu qu'il n'oublie pas, le moment venu !

— Qui sait, peut-être que dans trois ans

nous serons encore là, et que nous l'aiderons à fuir…

— Ne parle pas de malheur! s'écria Alex en lui prenant le bras. Voilà déjà près de cinq mois que je suis ici, et toi six.

— Qu'est-ce que c'est que cette histoire de tour Eiffel? demanda Gabriel d'un ton soupçonneux.

— Tour Eiffel? répéta Alex en ouvrant de grands yeux innocents. Tu as dû mal comprendre. Où voudrais-tu que Pto en ait entendu parler? »

Mais, contre toute attente, Gabriel n'avait pas l'air en colère. Il prit Alex par le cou et l'entraîna en riant :

« Tu es incorrigible! »

Pourtant son hilarité s'arrêta bien vite. Une ombre venait de surgir et sautait sur l'enfant qui marchait devant eux, pour l'attraper à bras-le-corps. Ptolémée se mit à hurler, tandis que les jeunes gens se précipitaient à son secours.

« Cléopâtre ne devait pas s'en débarrasser avant trois ans! s'écria Alex.

— Ce n'est pas un homme de Cléopâtre. »

Effectivement, l'agresseur se retournait vers eux, tenant l'enfant d'une main et un poignard de l'autre. Le pan de l'himation marron qui lui couvrait la tête glissa sur un visage d'une effroyable laideur, à la peau marbrée de plaies, aux lèvres et au nez rongés. Une de ses orbites était vide, mais son unique prunelle les dardait d'un air menaçant.

« N'avancez pas ou je tue l'enfant!

— Herbert? s'étonna Gabriel en reconnaissant sa voix.

— Voilà un moment que je vous cherche. Je vous ai ratés à diverses reprises, et ma patience est à bout.

— J'étais sûre que c'était vous! s'écria Alex. Pourquoi nous poursuivez-vous? »

Herbert ricana, d'un rire de dément, ses lèvres rongées découvrant ses dents.

« D'abord, parce que nous étions trois à connaître l'avenir, et qu'il y en avait deux de trop. J'aurais pu gagner cette guerre en manipulant tour à tour les conseillers. Mais Ganymède n'avait pas confiance en moi et Arsinoé m'a condamné à mort. Je n'ai eu que le temps de fuir du camp des rebelles. Depuis, je me cache au palais… Maintenant, c'est autre chose qui m'intéresse. Je te vois mal, Gaïos, approche et donne-moi ton bracelet.

— Lâchez d'abord l'enfant...

— Non, d'abord le bracelet! Je veux rentrer. Il faut que je me fasse soigner...

— Et vos rêves de gloire? persifla Alex. Vous ne voulez plus devenir le maître du monde?

— J'ai accumulé assez de richesses pour plusieurs vies, mais à quoi me servent-elle? Avez-vous vu quel monstre je suis devenu? L'incendie de la Bibliothèque a fait de moi un mort vivant. César et Cléopâtre ont gagné la guerre, ils ne tarderont pas à me chercher pour se venger... Alors donnez-moi un bracelet, et vite!

— Il ne fonctionne plus, fit Gabriel.

— Je m'en moque! Je le veux pour le cas où il marcherait. Mes plaies se sont infectées, je suis presque aveugle, et je refuse de vivre comme une bête traquée. Donnez un bracelet ou je tue l'enfant! »

La pointe du couteau s'enfonçait dans le cou de Ptolémée. Herbert semblait avoir perdu la raison, il n'hésiterait pas à mettre ses menaces à exécution.

« Si nous rentrons, reprit Gabriel, on vous prendra et on vous condamnera.

— Ce sera toujours mieux que de sentir mon corps se putréfier lentement, jour après jour. Au rythme ou va l'infection, je n'ai guère plus d'un mois à vivre… Le bracelet, vite ! »

Herbert assurait déjà sa prise sur le manche du couteau, et le petit Pto tremblait de tous ses membres. Après tout, n'était-ce pas ce qu'ils voulaient, ramener Herbert ? Alex ne chercha pas à résister, elle enleva un bracelet, qu'elle fit rouler au sol. Herbert s'en saisit voracement, lâcha le prince, et s'enfuit aussitôt en claudiquant.

« À présent, il nous laissera tranquilles, déclara Gabriel en prenant Ptolémée par les épaules. Il ira se terrer quelque part, et nous n'en entendrons plus parler. As-tu vu son regard ? Il est devenu fou. »

Non loin de là, César se laissa tomber dans un fauteuil à haut dossier.

« Le titre de roi t'irait bien, susurra Cléopâtre. La puissante Rome alliée à la riche Égypte… »

La reine ne finit pas sa phrase et le consul se contenta de sourire.

« Tu es déjà le maître de Rome. Avec mon aide, grâce à mon argent, tu deviendras le maître du monde… l'égal d'Alexandre. Et je te donnerai un fils qui régnera après nous. »

Devenir l'égal d'Alexandre… Il en avait tant rêvé ! Les yeux de César brillaient d'ambition, mais sa raison reprit vite le dessus :

« Le testament de ton père dit que l'aîné de ses garçons doit régner avec l'aînée de ses filles. Tu risques de provoquer une nouvelle guerre en m'épousant. Il vaut mieux que tu te maries avec ton jeune frère. De plus, les partisans de Pompée se regroupent en Espagne, je vais devoir partir. Allons, ma reine, cessons de rêver… »

Cléopâtre fit la moue : César voulait donc la quitter ? Elle tenta de le convaincre :

« Il ne s'agit pas d'un rêve ! Mon frère n'est qu'un enfant. De ton côté, tu as divorcé à trois reprises et Calpurnia, ta quatrième femme, est stérile. Il ne nous faudra guère de temps pour nous débarrasser de l'un et de l'autre. Je suis une déesse pour mon peuple, et ne dit-on pas que tu descends de Vénus ? Il nous suffira de te faire reconnaître comme fils du dieu Amon-Rê par les prêtres… tout comme Alexandre autrefois.

— Vous, les Orientaux, vous créez les

dieux bien facilement ! » s'indigna faussement César.

L'offre le tentait, bien sûr, mais Cléopâtre ignorait à quel point on se méfiait, à Rome, des héros ! Les sénateurs et les prêtres ne toléreraient pas que César soit traité en dieu vivant.

« … Fais-le au moins pour notre fils, afin qu'à sa naissance, il soit reconnu comme fils de Rê. »

Après tout, pensa César, pourquoi pas ? Cela ne l'engageait à rien, et Rome était si loin ! Son visage se détendit lorsque Cléopâtre poursuivit :

« Pour fêter notre victoire, "divin César", que dirais-tu d'une belle croisière sur le Nil, dans un bateau comme tu n'en as jamais vu ? Nous parcourrons les nomes jusqu'aux cataractes, pour recevoir l'allégeance des nomarques. Je te montrerai mon royaume et ses richesses… »

« Alors là, fit admirativement Alex, pour une belle croisière, ça va être une belle croisière ! »

Le grand navire royal, le *Thalamegos,* était

un palais flottant manœuvré par près de cinq cents rameurs. On y trouvait des cabines luxueuses, des bains, des salles de réception à colonnades, et même une chapelle dédiée à Dionysos. Les murs étaient ornés de bois précieux plaqués d'or, de fresques somptueuses, de tentures brodées…

Quatre cents petits bateaux suivraient le *Thalamegos* afin de transporter serviteurs, danseuses, musiciens et soldats. On n'attendait plus que César et Cléopâtre pour hisser les grandes voiles pourpres et voguer sur le Nil en direction du sud.

« Voilà ce qui s'appelle le luxe des pharaons ! fit gaiement Alex à Gabriel. Nous allons avoir des vacances de rêve… Bains de soleil le matin, et excursions l'après-midi !

— Ah ! Les temples de Louxor et de Karnak ! ajouta Gabriel, des étoiles pleins les yeux.

— Tu me les feras visiter ?

— Avec plaisir. Dire que je les verrai dans toute leur splendeur ! Je vais prendre des tas de notes… Mais, depuis quand t'intéresses-tu aux temples ?

— Depuis… peu », répliqua Alex en rougissant.

Elle arrangea son grand chapeau pointu en paille pour se donner une contenance.

« Dis-moi, quelle élégance ! fit Gabriel en observant sa tenue.

— C'est la dernière mode : sandales à semelles compensées, péplos rouge, et châle bleu. C'est Lysias qui me les a fait faire. Tu aimes ?

— Beaucoup. »

Gabriel la dévorait des yeux, cela la fit rougir encore davantage. Elle s'accouda près de la passerelle pour échapper à son regard tendre et flatteur, et observa le peuple amassé sur le port du lac Maréotis. Les Alexandrins, poussés par la curiosité, en oubliaient leur haine des Romains pour se presser avec fierté devant ce bateau magnifique, unique au monde.

César et Cléopâtre arrivèrent enfin. La foule s'écarta, puis se prosterna en silence, tandis que le couple montait à bord.

Avec sa cuirasse incrustée d'or et son manteau rouge, Jules César, l'*imperator*, était tout simplement « impérial ». Il ne lui manquait guère qu'une couronne de laurier pour ressembler à l'image que l'Histoire devait garder de lui. Lorsqu'il eut dépassé Alex, elle

glissa en plaisantant à Gabriel la célèbre maxime que le Romain devait immortaliser :

« Il est venu, il a vu, il a vaincu… »

Mais voilà que César se retournait pour la fixer de ses yeux perçants. Il se mit à sourire, puis il s'approcha de son secrétaire pour lui dire :

« Note ça, Hirtius, la formule me plaît. Je m'en resservirai un jour ou l'autre.

— Voleur de mots historiques ! » lança Alex entre ses dents.

Elle vit les marins larguer les amarres avec un pincement d'excitation : finie la guerre, finie l'angoisse… Le grand bateau s'éloigna lentement au son des harpes et des flûtes, ses voiles pourpres gonflées par la brise.

Les eaux du lac brillaient sous le soleil, Cléopâtre riait comme une enfant au côté de son vieux Romain. Il y avait dans l'air comme un souffle de bonheur, tout simplement.

Alex se tourna vers Gabriel qui l'observait toujours, d'un doux regard. Qui sait, l'avenir dans le passé lui réservait peut-être d'agréables surprises ?

20

Retrouvailles

Le grenier de Julien ressemblait à une discothèque, ou du moins à l'idée que Julien se faisait d'une discothèque. Les spots lumineux placés au plafond jetaient des éclairs bleus, rouges et jaunes au rythme de la sono.

« Salut, Alex ! cria Violaine depuis la porte du grenier pour couvrir la musique. Dépêche-toi, Julien va bientôt déballer ses cadeaux ! »

L'appel n'empêcha pas Alex de monter l'escalier à pas lents. Elle prit même le temps de s'arrêter un instant, pour caresser le gros matou gris aux yeux jaunes de Julien, qui se frottait contre ses jambes.

« *Méhyou*, fit-elle en lui grattant le dos.

— Miaou ? répéta Violaine qui descendait à sa rencontre. Tu retombes en enfance ?

— *Méhyou*, ça veut dire chat en égyptien ancien, expliqua patiemment Alex.

— Parce que tu parles égyptien maintenant ? railla Violaine. Tu ne devineras jamais ! C'est incroyable, c'est... Tu ne devineras jamais !

— Quoi donc ? »

Alex s'assit sur une marche et le matou vint en ronronnant sur ses genoux se faire les griffes sur son pantalon. Le jean la serrait. Son ample péplos grec si confortable lui manquait déjà.

« Bruno a laissé tombé Natacha.

— Je m'en moque, se surprit à sourire Alex, si tu savais à quel point je m'en moque... »

Que dirait-elle, la brave Violaine, si elle apprenait qu'il y a deux heures à peine, Alex se trouvait sur le Nil avec Gabriel, sur une galère d'ébène, d'or et de nacre, aux voiles pourpres...

« Tu t'en moques ? s'écria Violaine, incrédule. Il m'a dit de te dire que si tu voulais encore... »

Mais Alex n'écoutait plus. Il y a deux heures, c'était le printemps, songea-t-elle, le regard perdu. Le Nil était si bleu, le sable blond, et Gabriel... Gabriel...

C'est alors que le son aigu et régulier, le son tant attendu, était venu les déranger. Ils avaient observé leurs bracelets sans vraiment comprendre... Pourquoi avait-il fallu qu'il retentisse, ce maudit bip, alors qu'ils étaient enfin si proches l'un de l'autre ?

Ils ne s'étaient pas revus au centre. C'est Max qui avait ouvert le caisson d'Alex. Oui, Max, l'homme au magnéto, celui qui n'existait pas.

« Max ! s'était écriée Alex. Tu es revenu ?

— Mais, c'est toi qui es revenue, mon chou ! Entière et en bonne santé ! répondit-il en la prenant affectueusement par le cou. Je t'ai ratée, il y a trois heures, il paraît que tu n'étais pas en grande forme. Tiens, c'est curieux que tu m'appelles Max, c'est mon second prénom. Comment le savais-tu ? »

Les médecins se pressaient déjà autour d'elle pour commencer leurs analyses, et

Max lui fit un clin d'œil avant de céder la place à Carole.

« Herbert est mort ! jeta Alex.

— Non, il est vivant. Nous l'avons récupéré tout à l'heure, dans un de ces états ! Il est bon pour l'asile. Ah ! C'est que nous en avons eu du mal, pour vous ramener ! Nous avons fait trois tentatives au cours des trois dernières heures !

— Tu veux que je te dise, fit en riant Alex, nous avons cru que nous ne rentrerions jamais ! Mais on commençait à s'y plaire ! Où est Gabriel ? Je ne le vois pas !

— Arrêtez donc de jacasser, fit un médecin en blouse blanche, je n'arrive pas à vous ausculter ! Ensuite vous passerez à la décontamination, jeune fille, des fois que vous nous rameniez du passé des petits microbes pas gentils... Et enlevez-moi vite ces oripeaux.

— Oripeaux ? » répéta Alex. Le français lui écorchait les oreilles. « Oripeaux ? Mon plus beau péplos en lin de Byblos ? Teinté au murex, entièrement tissé à la main ? Où est Gabriel ? »

Le péplos, roulé en boule, atterrit dans le stérilisateur, de même que son chapeau, sa ceinture et ses sandales. Dans quel état allait-on les lui rendre ? Puis elle comprit qu'on ne lui rendrait rien. L'aventure était terminée.

Retour à la réalité, au train-train quotidien, à la grisaille : XXe siècle, terminus, tout le monde descend...

« Où est Gabriel ? s'écria Alex.

— Dans le laboratoire d'à côté, répondit enfin Carole d'un air absent.

— Et comment va-t-il ?

— Très bien ! se mit à rire Carole. Très, très bien, il est même question qu'il sorte dès ce soir. Mme Berg le cuisine en ce moment, ensuite, ce sera ton tour !

— Alors, il ira sûrement à l'anniversaire de Julien ! Faut que je file ! s'écria-t-elle en repoussant le stéthoscope du médecin.

— Ah non ! Les examens d'abord, ensuite le rapport, et les anniversaires seront pour demain, si les psychologues sont d'accord.

— Non. L'anniversaire tout de suite, et les examens, les psychologues et le rapport demain... Laissez-moi partir ou je dis tout à Lola...

— Tu ne vas pas remettre ça ! soupira Carole d'un air désabusé.

— Qu'est-ce que tu paries ? »

Il lui fallut quand même passer à la décontamination, puis elle sauta dans ses vêtements, et elle partit en courant.

« ... Alors moi, expliquait Violaine d'un air rusé, je lui ai demandé si ç'avait un rapport avec le fait que ta mère allait passer à la télévision... C'est qu'il t'a déjà fait le coup une fois... »

Ce que lui racontait Violaine la laissait indifférente. Pourrait-elle jamais vivre comme si rien ne s'était passé ? Retrouver Lola, les soirées solitaires, le lycée, les potins de Violaine ? Se contenter d'une vie ordinaire ? Tout cela lui semblait si... irréel. Non, pensa-t-elle tout à coup, elle sortait de cette aventure plus forte qu'avant, et elle n'était plus seule.

« Je crois que je vais faire des études d'Histoire ou d'archéologie, jeta Alex tout à trac. Ce serait bien, non ?

— Pardon ? Je te disais que Bruno... »

La lettre ! se rappela Alex. Son « testament » qu'elle avait laissé en partant ! Lola allait sûrement le trouver en rentrant. Eh bien, tant mieux, songea-t-elle. Il était plus que temps qu'elle ait une vraie discussion avec sa mère.

« Peut-être qu'il est sincère... lançait Violaine.

— Gabriel est-il arrivé ? la coupa Alex.

— Gabriel ? Tu veux dire Je-Sais-Tout ? Oui, il est arrivé. Tu ne vas pas le croire, mais il a les cheveux plus longs que ce matin et il est tout bronzé. Ce n'est pas possible, il doit travailler au noir dans un institut de beauté...

— Ma pauvre, si tu savais ! » pouffa Alex en se levant. Elle reposa le chat par terre et se mit à grimper les marches, Violaine sur les talons.

« Ce type-là, poursuivit son amie, il n'y rien à faire, il faut qu'il surveille. Ça fait un bon quart d'heure qu'il contrôle qui rentre et qui sort.

— Peut-être qu'il attend quelqu'un...

— Tu plaisantes ! Qui Je-Sais-Tout pourrait-il bien attendre ? Dis donc, c'est fabuleux ce fond de teint que tu t'es mis, on croirait que tu as passé huit jours à la montagne ! »

Alex resta un moment sur le pas de la porte, cherchant Gabriel dans la pénombre. Quelques couples s'étaient formés, qui dansaient sur un slow ravageur. Un éclair jaune dessina une chevelure bouclée : c'était Dionysos et Adonis réunis, comme aurait dit Lysias. Gabriel semblait figé, bras croisés, tourné vers la sortie. Son pull et son jean lui donnaient un drôle d'air. Alex s'avança sans hâte, mais le cœur battant la chamade.

Il souriait, constata-t-elle en arrivant près de lui. C'était merveilleux quand Gabriel souriait.

« Veux-tu danser? demanda-t-il. Enfin, si cela ne te gêne pas de danser avec un pion…

— Est-ce que j'ai l'air de m'en plaindre? souffla-t-elle en se serrant contre lui. Veux-tu que je te dise, Je-Sais-Tout, je te préfère en jupe…

— Je t'aime, Boissieu », chuchota-t-il dans le creux de son cou.

C'était de l'égyptien ancien, et c'était si doux à l'oreille.

QUELQUES PRÉCISIONS HISTORIQUES…

ROME, LA GUERRE CIVILE

Au premier siècle avant notre ère, Rome est la première puissance du monde. La République, au gré des guerres, a conquis Grèce, Asie mineure, Syrie, Cyrénaïque, Numidie, Espagne, Gaule…

Avec ces conquêtes affluent à Rome d'énormes richesses. Les Romains découvrent le luxe grec; on adore de nouveaux dieux orientaux, tels que Cybèle, Isis ou Dionysos. Les esclaves que l'on ramène des pays conquis exécutent les tâches les plus dures, rendant le peuple oisif. La plèbe vit de distributions gratuites de blé, pendant que la noblesse sénatoriale, de plus en plus riche, s'accapare les terres.

Rome devient alors la proie des intrigues des partis politiques. En 60 av. J.-C., *Pompée*, *César* et *Crassus*, trois ambitieux, décident de faire un pacte pour s'unir contre le Sénat : ils fondent un *triumvirat* qui leur permet de voter leurs propres lois et de s'attribuer des provinces. Pompée soumet l'Orient, écrase la révolte des esclaves menée par Spartacus, et débarrasse la Méditerranée des pirates qui l'infestaient. Pendant ce temps César conquiert la Gaule, et Crassus la Syrie.

Mais Crassus meurt au combat (53 av. J.-C.), et les troubles redoublent à Rome. En l'absence de César, alors en Gaule, le Sénat nomme *Pompée consul unique* (51 av. J.-C.). Dès lors, Pompée ne songe plus qu'à s'accaparer le pouvoir, au détriment de César.

Lorsque César rentre de Gaule (50 av. J.-C.), il jouit d'un immense prestige, et possède une puissante armée qui lui est fanatiquement dévouée. Refusant d'être éloigné du pouvoir, Il franchit avec ses troupes *le Rubicon*, le fleuve côtier séparant l'Italie et la Gaule cisalpine :

c'est la guerre civile ; le Sénat et le peuple se divisent entre les deux hommes.

Pompée et ses partisans quittent l'Italie pour les Balkans où se trouve leur armée. César, nouveau maître de Rome et *imperator*, les poursuit et les bat à *Pharsale* (48 av. J.-C.). Pompée fuit alors en Égypte. Il pense trouver asile auprès de ses alliés égyptiens, mais il y est traîtreusement assassiné par les conseillers du jeune roi Ptolémée XIII.

Lorsque César arrive à son tour en Égypte pour arrêter Pompée et le ramener à Rome, il débarque en pleine guerre familiale : il décide de soutenir Cléopâtre contre son frère-époux.

ÉGYPTE PTOLÉMAIQUE

Le Macédonien Alexandre le Grand s'était taillé en onze ans un immense empire. À sa mort, cet empire se disloque. Ptolémée Sôter, fils de Lagos, un de ses lieutenants, prend le pouvoir en Égypte (305 av. J.-C.) et fonde une nouvelle dynastie : *les Lagides*. Les rois, du premier du nom au quinzième, s'appellent tous Ptolémée. Suivant l'antique tradition égyptienne, ils règnent conjointement avec leur sœur, qu'ils épousent.

L'Égypte est le pays le plus riche du monde

méditerranéen. Grâce aux crues du Nil, les récoltes sont abondantes : céréales, lin, papyrus. L'artisanat (métaux, verre, orfèvrerie) s'exporte dans tout le monde antique. Les souverains lagides apportent de Grèce leur culture, leurs arts et leur architecture.

Peu à peu, le Delta devient grec, tandis que le reste du pays demeure égyptien. Ces Lagides sont traités en dieux vivants, au sein d'une cour à l'étiquette compliquée, comme autrefois les pharaons. Ils dirigent leur pays à l'aide d'une puissante administration dans laquelle les Grecs possèdent les plus hautes fonctions. Pour sa défense, le pays s'appuie sur une armée de mercenaires.

Alexandrie, la capitale, est la plus grande et la plus belle ville du monde antique. Les souverains lagides y construisent palais, temples, bibliothèques et Musée où ils font vivre savants et philosophes. Pourtant, malgré leur intérêt pour les arts et les sciences, les Lagides vivent souvent dans la débauche et les intrigues de palais, manipulés par leurs conseillers et leurs eunuques, et n'hésitant pas à s'entre-tuer pour prendre le pouvoir.

Rome, naturellement, a un œil fixé en permanence sur l'Égypte. En 55 av. J.-C., elle y établit une garnison, sous prétexte d'aider Ptolémée XII Néos Dionysos « Aulète », détrôné par sa fille Bérénice, à reprendre le pouvoir. Cette aide n'était pas gratuite : l'Égypte payait un lourd tribut à Pompée, César et Crassus en échange de son indépendance.

En 51 av. J.-C., le roi meurt, laissant son royaume en piteux état aux aînés de ses fils et de ses filles. Il nomme son ami Pompée tuteur de son fils, encore mineur, et envoie copie de son testament à Rome.

Cléopâtre VII, intelligente et déterminée, montre rapidement des talents pour gouverner. Elle est la première souveraine lagide à parler égyptien, et rêve de rendre à son pays sa splendeur passée. Son jeune frère et époux, *Ptolémée XIII*, vit sous la coupe de ses trois conseillers, qui intriguent dans son dos.

La guerre éclate rapidement entre la reine et les conseillers du roi. Cléopâtre, pour sauver sa vie, lève une armée et s'enfuit dans le désert de Syrie.

LA GUERRE D'ALEXANDRIE (HIVER 48-47 AV. J.-C.)

César pense contrôler l'Égypte en devenant le tuteur du jeune roi. Il décide de réconcilier les époux et convoque Cléopâtre. Pour échapper aux assassins de son frère, le reine pénètre chez le consul roulée dans un tapis. Contrairement à la légende, Cléopâtre n'est pas belle, mais pleine de charme et cultivée. On dit qu'elle conquit César par l'audace de cette ruse.

Les Alexandrins, qui soutiennent Ptolémée contre Cléopâtre, sont persuadés que Rome va les annexer. Ils se rebellent et assiègent les deux amants dans le palais. Les Romains attendent des renforts de Syrie pendant cinq longs mois riches en intrigues et en combats, tant sur mer que dans la ville.

En effet, une partie d'Alexandrie va être incendiée, dont la prestigieuse Bibliothèque. Les rebelles empoisonnent les puits et les soldats se révoltent. César lui-même manque mourir lors d'une tentative d'empoisonnement, puis dans un combat naval.

Lorsque les renforts tant attendus arrivent, César prend leur tête. La *bataille du Nil* fera plus de 20 000 morts, dont le jeune roi Ptolémée XIII. Cléopâtre se retrouve seule reine d'Égypte. César, qu'elle espérait voir régner près d'elle, la quitte bientôt pour aller combattre les derniers partisans de Pompée. Elle épouse alors son plus jeune frère, Ptolémée XIV.

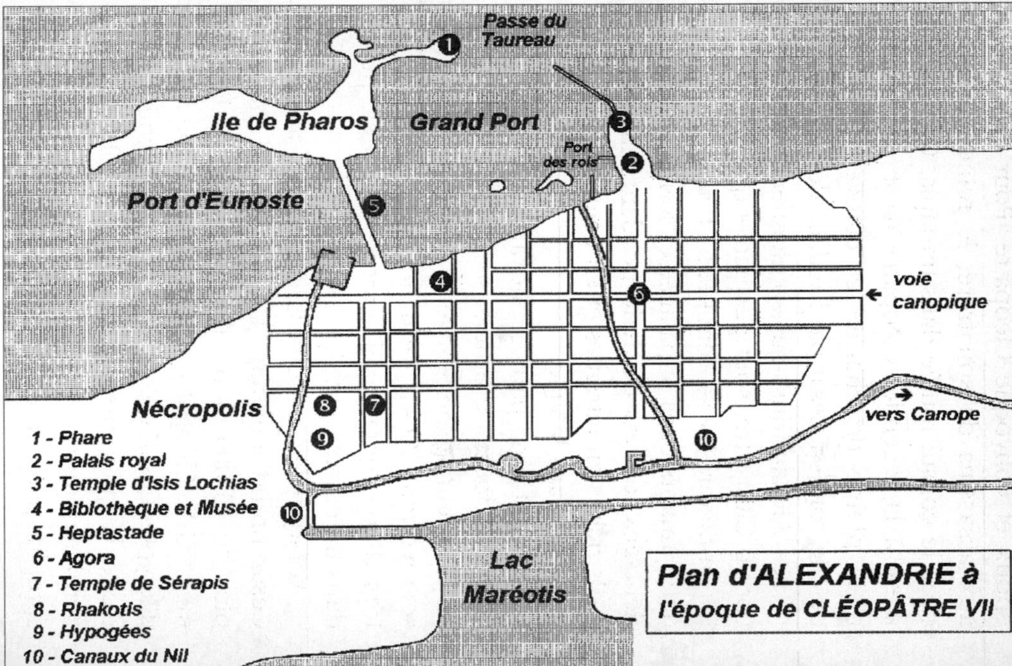
Passe du Taureau
Ile de Pharos
Grand Port
Port des rois
Port d'Eunoste
voie canopique
Nécropolis
vers Canope
Lac Maréotis
1 - Phare
2 - Palais royal
3 - Temple d'Isis Lochias
4 - Bibliothèque et Musée
5 - Heptastade
6 - Agora
7 - Temple de Sérapis
8 - Rhakotis
9 - Hypogées
10 - Canaux du Nil
Plan d'ALEXANDRIE à l'époque de CLÉOPÂTRE VII

Table

IMPRIMÉ EN FRANCE PAR BRODARD ET TAUPIN
Usine de La Flèche, 72200.
Dépôt légal Imp. : 1518T-5 – Edit : 8972.
32-10-1354-03-3 – ISBN : 2-01-321354-9.
Loi n° 49-956 du 16 juillet 1949 sur les publications destinées à la jeunesse.
Dépôt : mai 1998.

nous nous étions [illegible] que [illegible]

[illegible]

— [illegible] de quinze [illegible] cent [illegible] [illegible] le [illegible] [illegible]

[illegible]

Mais [illegible]

[illegible]

quinze [illegible] de [illegible] qui [illegible] qui [illegible] bras [illegible] qui les [illegible] à son secours

[illegible] avant [illegible]

[illegible]

Fin [illegible] vers [illegible]